Christian Scharlau, Eduard Alberti

Die Geramunds-Sage

Christian Scharlau, Eduard Alberti

Die Geramunds-Sage

ISBN/EAN: 9783944349435

Auflage: 1

Erscheinungsjahr: 2013

Erscheinungsort: Bremen, Deutschland

Die

Geramunds-Sage

von
(Christian Scharlau)
Eduard Alberti.

Kiel.
Verlag von C. F. Haeseler.
1879.

Meiner lieben Frau

Elise, geb. Lamp,

gewidmet.

Vorwort.

Ich nenne mein Gedicht eine Sage. Aber der geneigte
Leser wird wenig von der Thatsache halten, daß mir in
meinen Jugendtagen einmal ein Buch in die Hände fiel,
worin, soviel ich erinnere — und das ist wenig genug —
eine ähnliche Geschichte in Prosa erzählt wurde. Ich fürchte,
es war nichts, was in irgend einer nennenswerthen Beziehung
zu einem Vergleich mit der Fritjofs- oder der Nibelungen-
Sage verführen und herausfordern könnte. Sondern das
Buch war wohl nur eins der wunderlichen Bücher, wie sie
noch heutzutage in gewissen, allmälig seltener werdenden,
alten, räucherigen Buchbinderläden feil sind, Bücher, welche
allerdings allerlei Singen und Sagen, aber auf seltsame,
nichts weniger als alte Quellen verrathende Weise enthalten. Es
kam dazu, daß ich später, so viel ich auch mit Büchern zu thun
hatte, nach dem Schatze der Jugendzeit immer vergebens suchte.

Möge daher der geneigte Leser, welcher den angeführten
Umstand als Grund für die gewählte Bezeichnung zu leicht

findet, diesen oder jenen schwerer wiegenden Grund in der Beschaffenheit meines Gedichts finden. Oder sollte er sich von einem als Sage bezeichneten Gedichte. die großen Züge und den weiten Rahmen gewisser, von einer Idee verklärter cultur= historischer Beziehungen nicht eher gefallen lassen, als wenn dasselbe sich als Epos bei ihm einführte? Sollte er dabei nicht weniger nach den im Gebiete harter und nackter Wahr= heit ruhenden, speciell historischen Grundlagen fragen? Läßt er nicht auch in einem solchen Gedichte die der Sage ver= wandten idyllischen Zustände gelten, daraus im Bilde von der Grenzscheide zweier grau zurückliegender Culturperioden ein von der Un= oder Ueber=Cultur geängstigtes poetisches Gemüth eine gewisse Beruhigung schöpfen mag?

Jedenfalls wird der geneigte Leser, wenn er mein Gedicht nicht in diesem oder ähnlichem Sinne lies't, weit von dem entfernt sein, was mich bei der Abfassung erfüllte und als mein persönliches oder subjectives Denken, Sehnen und Füh= len in dasselbe überging. Gestehe ich nur frei, wer nicht ein wenig meine Freude an der Sonne Homer's theilt, die auch uns Deutschen leuchtete und leuchtet, für den ist mein Gedicht schwerlich geschrieben.

Inhalt.

1.

Auf Rhodos.

Im Süd, der Wunder Wiege, im Gebreit
Von Rhodos' Auen, fand in grauer Zeit —

Es war vielleicht das größte Wunder gar —
Zusammen sich ein seltnes Liebespaar:

Ein Blonder, den einst Kampflust zog vom Rhein,
Im Markomannenkrieg dabei zu sein,

Woraus ihn doch des Römer-Adlers Flug
Gefangen in der Weltstadt Mauern trug,

Nun hier von dort, der Heimath lange fern,
Als Sklave zwar, doch eines edlen Herrn,

Und s i e die Blume, deren Blüthensproß
Des Lichtes Kuß noch dämmernd sich verschloß,

Da still als Waise ihr und Priesterin
Der Aphrodite floß das Leben hin,

Bis ihn ihr Aug' — es war am schönsten Tag —
Vorüberstreifen sah am Tempelhag,

2

Bis er sie sah und wie er einmal kam,
So stets denselben Weg auf's Neue nahm,

Bis sie den Adel in der schlichten Art,
Im blauen Aug' den reinen Sinn gewahrt,

Bis ihm, ob auch in seltsam fremdem Laut,
Allmälig ihre Sprache ward vertraut,

Bis sie, was noch ihr selbst Geheimniß war,
Ihr liebend Herz im Lächeln legte dar,

Bis er gelernt zu sagen, daß ihm nie
So Herrliches erschienen sei, wie sie,

Bis schelmisch sie versetzte, daß er ja
Ismene nur und keine andre sah,

Bis er dann bat: „O, heiß' mich Geramund,
Wie einst zum ersten Mal der Mutter Mund!"

Und unvermerkt, doch fest und fester schlang
Um sie das Band des Herzens süßer Drang.

Sie hat für ihn zum Fest sich nur geschmückt,
Von keinem Zeugen, wie von ihm beglückt.

Er fand zu manchem Bild daheim vom Nord
Für die Geliebte nur das rechte Wort.

Sie sagte ihm vom Bruder, den der Strom
Des Lebens in die Welt riß und gen Rom.

Er gab von andren Göttern, andrem Brauch
Die Kunde ihr, doch von der Schwester auch.

3

Und sie beschrieb ein Thal ihm, felsumthürmt,
Und drin den Greis, der sie als Kind beschirmt

Im stillen Haus, von Lorbeer überragt,
Um den ein Taubenvolk im Flug gejagt.

Es war Charin, mit Inbrunst hingewandt
Zu Einem, der den Tod am Kreuze fand,

Gar einem Göttlichen, der ausgesöhnt
Durch Lieb und Treu' die Welt, die ihn verhöhnt.

„Und glaub' nur" — sprach sie dann — „kein Wort verlor
Von ihres Friedens Seligkeit mein Ohr".

Worauf er rief: „O wär' es so, und wär'
Allüberall der Friede licht und hehr!

Gar anders doch, Ismene, rauh und kalt
Sah ich die Welt, von Kampf und Sturm durchhallt.

Als gährt's in ihr, bis sie dem stolzen Haupt,
Dem übermüthigen, den Schmuck geraubt.

So ist es auch und kommen wird's, das glaub',
Daß Rom zu ihren Füßen liegt im Staub.

Ich selber rang, ein Tropfen nur im Meer,
Und unterlag, und traurig ist und schwer —

Denn unaufhaltsam drängt um ihn die Fluth —
Des Sklaven Loos auch unter milder Hut.

Er gleicht dem Schiffer auf der wilden See,
Doch Du dem Stern, dem tröstenden im Weh!"

1*

Und lächelnd sie: „Wie gern wies' auch die Spur
Der Stern Dir frei und froh zur Heimath Flur".

Und er: „Doch herrlich pries' ich nur dies Loos,
Sänk' mir der Stern am Ziele in den Schooß".

Und sie: „Und hörst Du nicht der Wogen Klang?
Mir ist, als rief meerüber uns ihr Sang

Dem Bruder nach, sie ruh'n ja nimmermehr,
Und trugen ihn dahin, wie Dich daher".

Und er: „Ich hör', sie rauschen fort und fort,
Einander nah' zu bringen Süd und Nord.

Ich kenn' den Ton, er ward mir lieb und traut,
So traut und lieb wie einst des Urwalds Laut.

Auch kenn' aus meinem Volk ich Manchen schon,
Der heimwärts kam, gelockt vom gleichen Ton.

Und Rom verlegte nicht, wie's vormals that,
Dem Sklaven, den's zum Ritter schlug, den Pfad.

Es kann nicht mehr, die Welt ward überweit,
Und überall sind Wege weit und breit,

Rückführend in der Eichenhaine Dom
Und auf der Väter Hof am blauen Strom.

Als gelt's nur einen Schritt, mit Dir zumal
Hineinzutreten in das stille Thal.

Und schön ist's nicht allein an Südens Bord,
Gar schön in seinem Glanz ist auch der Nord.

Ob Marmortempel in den weiten Gau'n,
Ob Prachtgebäude nirgends auch zu schau'n.

Ein Land, wie's kam aus Götterhand, so hehr
Und groß, Ismene, wie vor uns das Meer.

So wechselnd auch, weil friedlich bald und sacht —
Man hört die Quelle kaum in Waldesnacht —

Weil stürmisch bald, wenn Felsenhäupter glühn,
Und jäh hinab die Wogen schäumend sprühn".

Und sie darauf: „Ich seh's mit Deinem Aug',
Denn wo Du bist, ist mir der Heimath Hauch."

Und er: „Ismene, wie bei Dir auch mir,
Selbst hier, ständ' ich als freier Mann bei Dir.

Ja, so schön ist, als ob in Deiner Näh'
Vertrauter ich des Südens Wunder säh'.

Als ob mir heimischer strahlte jener Glanz
Im Lorbeer=, Feigen= und Platanen=Kranz.

Und Alles, Alles drängt an's Herz so warm
Dem Glücklichen, wie er Dich hält im Arm,

Dich hält, wie jetzt, als wärst Du ewig mein,
Als dürft' es nimmermehr geschieden sein". —

Sie stehn am Meer und Wog' auf Woge rauscht
Und klingt wie Kuß, den still die Liebe tauscht.

2.

Am Rhein.

———

Nun hört auch von des Rheines grünem Bord,
Aus jener Römerstadt daran die Kunde,
Wie sich nicht minder wunderbar im Nord
Ein andres Paar gefunden hat zum Bunde.

Es ist im Grenzgebiet, wo manche Spur
Verräth, wie weit gen Nord der Süd gedrungen,
Wie viel hier oder dort von Wald und Flur
Der Römer dem Germanen abgerungen.

Sie selbst, die Stadt im Sommer-Sonnenschein,
Strahlt hell genug mit Mauern und mit Zinnen,
Zugleich mit deren Bild im Rhein und Main,
Die dort wie spielend ineinander rinnen.

Vor andrem aber zierlich und vertraut —
Ein Bild Apoll's grüßt freundlich an der Schwelle —
Von heitrer Kunst nach Griechenart erbaut,
Glänzt jenes Haus am Thor, das marmorhelle.

Ein Schwarzgelockter weilt darin, gen Rom
Dereinst von Rhodos' stillem Strand verschlagen,
Dann hoch empor im großen Lebensstrom
Von Marc Aurel's, des Kaisers, Gunst getragen.

Als Grieche jetzt im Kriegstribunenkleid
Des Römers hier am Rhein und als Genosse
Des Blonden aus dem Sueven-Stamm, der weit
Ihn überragt, fürwahr ein seltner Sprosse.

Doch eingelebt — man sieht's an Farb' und Aug' —
Seit manchem Tag in diesen Landesstrecken,
Auch wohl vertraut des Volkes Sprach' und Brauch
Und ihm zumal, vom Main dem blonden Recken.

Wie den er fand? Nun, Friede herrscht im Land,
Da eint sich Vieles, was der Krieg geschieden,
Man tauscht sich aus, manch Fremdes wird bekannt,
Und schätzen lernt man, was man sonst gemieden.

Ein Etwas kam dazu besondrer Art,
Sie gingen beid' ans Herz mit ihrer Sonde
Und was im Blonden dieser dort gewahrt,
Nicht minder fand's in jenem auch der Blonde,

Zu dem er eben sagt: „Wie doch die Welt,
Armin, verändert scheint, wie hell und offen,
Wie Alles lacht und Alles mir gefällt
Und nichts unmöglich däucht dem kühnsten Hoffen!

Das hat der Gruß gemacht, den Du gebracht,
Der Gruß von ihr, der jeden Zweifel bannte,
Daß meine Führerin in Waldesnacht
Für immer eine holde Unbekannte.

Nicht lang ist's her, ein Mond vielleicht, ich drang,
Als die Gefährten schon zurückgeblieben,
Auf nie betretnem Pfad den Strom entlang
Zu weit ins Land, von Jugendlust getrieben.

Bis rath- und hülflos ich mich fand, so Blick
Als Schritt von Wald umpfercht und Felsgewirre,
Und nirgends weder vorwärts noch zurück
Ein Rettungsweg sich wies aus all der Irre.

Gar seltsam eng erschien die Welt mir da —
So mag's dem Hirsch sein, der die Meute wittert, —
Rom selbst, welch Loos dem ewigen! ich sah
Von Stürmen es im tiefsten Grund erschüttert.

Von Völkerstürmen, die von Ost und West,
Von Süd und Norden kamen, ja, vom Norden
Im stärksten Schwall, und in dem eignen Nest
War, der es schirmen sollte, Räuber worden.

Dann wieder überflog mich eigner Noth
Gefühl und brünstig stieg zum Zeus mein Flehen,
Und dann, Armin, wie auf sein Machtgebot,
Schien mir's gleich einem Wunder zu geschehen.

9

Denn hehr und groß, mit Augen lieb und klar,
Trat aus des Dickichts vielverschlungnen Wegen,
Hell schimmernden Gewands, mit blondem Haar
Voll Anmuth mir die schönste Maid entgegen.

Bot lächelnd dem Verirrten, der kein Wort
Vor eitel Staunen fand, sich zum Geleite,
Bedeutend, daß zum Römerlager dort
Ein Weg den nahen Höhen führ' zur Seite.

Dem ging sie zu, ich folgte, schier verwirrt,
Wie träumend durch die Schatten dunkler Eichen,
Die sie so leuchtend frei und unbeirrt
Durchschritt, wie einer Göttin zu vergleichen.

Allmälig doch ward meiner Führerin
Ich mehr vertraut, sie sah sich um bisweilen,
Gar schelmisch, aber ernster vor sich hin,
Wenn ich sie bat, nicht gar zu sehr zu eilen.

Sie lobte mich — doch ging sie immer fort —
Weil mir die Landessprache so zu eigen,
Und streute wohl zum Scherz von uns ein Wort
Hinein, wie um auch ihre Kunst zu zeigen.

Ich schalt nur, was uns trennte gar zu bald,
Doch meinte sie, nun sei das Ziel zu finden,
Und wies es einmal noch, um in dem Wald,
Aus dem wir kamen, grüßend zu verschwinden.

Und jetzt bringst Du das Wort, das Alles sagt,
Nicht bloß, wer sie, die mir zum Dienst erlesen,
Auch wie sie klug und heimlich nachgefragt,
Wer wohl im Wald der fremde Mann gewesen." —

Worauf Armin mit Lachen ruft: „Ei, klug
Wie jedes Weib! Doch schon zuvor enthüllte
An ihr gar manches Zeichen klar genug,
Welch Glück im Leid ihr junges Herz erfüllte.

Im Leid um Geramund. Du weißt, wir sind
Des Bruders durch den Krieg beraubt seit Jahren,
Und sie ist ganz und ächt ein Landeskind
Und läßt, was sie in Treue hält, nicht fahren.

Wo Du sie sahst, der Wald umschließt im Kreis'
Der Väter Erbe, jene Fluren tragen
Uns Haus und Hof und nach Germanen-Weis'
Umfriedet lebt sie dort seit Kindheits-Tagen.

Er war von je ihr trautester Gespiel,
Und als er ging, sie ließ ihn nicht zu gerne,
Und die Gedanken folgten nur zu viel
Durch Kampf und Schlacht und Noth ihm in die Ferne.

Doch spricht sie jetzt: Viel' kehrten schon zurück.
Warum nicht er? Der Süd auch heget manchen
Gar guten Menschen und ich trau' dem Glück,
Das stets noch mit dem Guten ist gegangen." —

11

„Das Wunder" — meint Klearch — „ließ Liebe thun,
Denn was sie trifft, verklärt ihr holder Schimmer,
Dieselbe Liebe, glaub' ich, die mich nun
Der eignen Schwester denken heißt, wie nimmer.

Ob sie auch mein wohl denkt, wie Gerda sein?
Ob sie, die Priesterin der Aphrodite,
In ihrer hohen Göttin stillem Hain
Im fernen Süd' den Gruß spürt, den ich biete?

So ließ ich sie daheim als Kind einst, Freund,
Doch aus dem Reis, dem zarten, holden, lieben,
Hat wohl die Sonne, welche mich gebräunt,
Den allerschönsten Blumenschmuck getrieben.

Mir däucht, ich seh' sie stehn am Blüthenstrauch,
Sie fühlt die Näh', erschrickt darob und lächelt,
Indeß der West mit seinem linden Hauch
Um ihre Stirn, um ihre Wange fächelt.

Es ist ein Traum, doch nicht im Traume nur
Säh' sie mich gern, o nein, ins Aug' wie gerne,
Und folgte, käm' ein Bote nur, der Spur,
Trotz Meer und Sturm, zum Bruder in die Ferne.

Und hör', es bleibt kein Traum, gen Rhodos zieht
Der treue Glaukos, mein Centurione,
Und holt die Rose, welche dort uns blüht
Gleich Deiner Gerda hier, der Rosen Krone.

Was meinst Du, Freund?" — „Ich lob's", — fällt dieser ein, —
„Säh' selber gern einmal des Südens Rose,
Auch blüht sie, einmal hier, wohl bald am Main
Der Schwesterrose, die Du nannt'st, im Schooße.

Ei, Keiner fehlte dann, als Geramund,
Und der, wer weiß, käm' auch zur rechten Stunde,
So unversehn, das Glücksrad ist ja rund
Und bringt uns Eins zum Andern oft im Bunde.

Und für uns all', Klearch, hat Raum das Zelt,
Von Laub gewölbt, drin tausend Vögel singen
Zu frohem Spiel, wenn, fern vom Lärm der Welt,
Wir Blumenkränze statt der Schwerter schwingen."

3.

Gerda.

—

Schön war's am blauen Main am selben Morgen,
Der weite Gau glich einem Blüthenkranz,
Worin der Strom, vom Walde halb verborgen,
Wob glitzernd einen reichen Perlenglanz.

Schön war der Hof daran, nach Landesweise
Zwar schlicht genug, doch räumlich auch dabei,
Im grünen Schmuck von Flur und Wald im Kreise
Gleich einem Sonnenlehn so hell und frei.

So hell und frei und wie von lautrem Golde
Umwoben, ganz allein in Thalesmitt',
Und noch viel herrlicher, als jetzt die holde
Und frische Maid still aus der Pforte tritt,

Im blauen Aug' den jüngsten Traum und lose
Die Locken, von dem Zwang der Nacht befreit,
So blühend wie am Strauche dort die Rose,
Im ganzen Gau die allerschönste Maid.

Sie steht, als fänd' im eignen Reich mit Mühe
Sie sich zurecht und schaut verwundert rund,
Doch dann, vertraut, macht sie der gold'nen Frühe
Ihr junges Herz in diesem Liede kund:

Wie war so nah, wie war so licht,
Mein Geramund, dein Bild:
Wie hat das holde Traumgesicht
Mich so mit Lust erfüllt,
Daß all der frische Morgenduft,
Wie nie, mich überwallt,
Der Lerche Lied aus blauer Luft
Mir froh, wie nie, erschallt!

Du, Sonne, glänztest wohl nicht so,
Du wärst so frisch nicht, Hauch,
Du, Lerche, sängest nicht so froh,
Wär' er nicht glücklich auch.
Und all ihr Blumen um mich her,
Ihr hingt wohl welk und trüb,
Wenn er, wenn er uns traurig wär',
Der euch und mir so lieb.

Gewiß, er hat euch anvertraut,
Was mir ein Traum verrieth:
Er fand gar wunderbar die Braut
Im wunderreichen Süd.
Rief drauf euch zu: „Mir ist auch hie
Nun wohl und wonniglich",
Und sie, wie glücklich war auch sie,
So glücklich fast, als ich.

O macht nun, Luft und Licht und Lied,
Mein Glück auch ihnen kund!
Ihr nur als rechte Boten zieht
Frei durch das Weltenrund.
Ihr sagt zugleich so zart und weich,
Was euch die Liebe singt,
Daß Herzen nur, dem meinen gleich,
Verstehen, was ihr bringt.

15

So sprecht: Ihr liebet nicht allein,
Es kam von Freia's Gluth
Ein Funke auch, nicht minder rein,
Des Nordens Maid zu gut.
Den hegt sie, überglücklich schon,
Gleich euch im Herzensgrund,
Und den sie liebt, des Südens Sohn
Ist schön wie Geramund.

Und überall, wie dort im Wald,
Wo sie zuerst ihn sah,
Mit räthselhafter Allgewalt
Ist immer er ihr nah.
Und glaubt uns nur, es wär den Zwei'n,
Viel lieber noch das Thal
Im fernen Nord am blauen Main
Mit euch, mit euch zumal.

So sprecht! — Doch kehrt er uns zurück
Mit ihr aus Südens Glanz,
Dann, all ihr holden Blumen, pflück'
Ich euch zum reichsten Kranz.
Ihr aber leidet's gar zu gern,
Der Kranz, so lieb und traut,
Ist für den Bruder ja und Herrn,
Und für die schönste Braut.

4.

Die Trennung.

———

Aber im Süden dem liebenden Paar, ihm trübt sich der Glücksstern
Unter dem Todesgeschick, das dem Blonden den trefflichsten Herrn nimmt.
Mucius hieß er und war mehr Freund ihm, als strenger Gebieter,
Einer aus edelem Holz, wie selten damals die Zeit sah
In dem gewaltigen Rom, dem üppigen, das er verlassen,
Heilung suchend auf Rhodos' Gefild von zehrendem Siechthum.
Aber er starb, jäh trat ihn der Tod an, eh' er den Freibrief
Seinem Getreuen verliehn, der rechtlos bleibet und Sklave.
Da im wechselnden Loos, dem betäubenden, das für den besten
Herrn mit dem härtesten droht, hinwelket die Blüthe der Freude
Beiden, denn Liebende fand auch damals jegliches Schicksal
Enge vereint. So sorgen sie nun, was ihrer vom Enkel
Harret des Todten, vom Cestus, welchem die Trauer-Liburne

Eilend nach Rom entbot, wer starb und zum Erben ihn machte,
Geramund in dem Hause am Meer in der Sklavengenossen
Jammernden Schaar, Ismene im Frieden des Tempelgeheges.
 Doch an dem Tag, als dem Todten am Strand sie schichten
den Holzstoß,
Zünden und schau'n, wie die Gluth den Leichnam flammend
in Staub legt,
Eilt sie hinaus und kommt an den Fels am Meeresgestade,
Selber Zeugin der traurigen Pflicht vom Gebüsch in der Nähe,
Wartend, bis Alles gethan und die heilige Asche gesammelt,
Hoffend zugleich, den Geliebten zu sehn, und siehe, da naht er.
Schweigend, im Arm das Todtengefäß, so wallt er des Weges
Einsam daher, von den Andern getrennt, die des Mahles
noch pflegen,
Kommt nun der Stelle so nah, wo sie weilt, e i n Schritt,
und sie hält ihn, —
Treibt doch das Herz — und sie schlingt um den Sinnenden
liebend die Arme
Und in das Aug' ihm schauend so innig, tröstet sie also:
 „Immer war ich bei Dir in Gedanken und kann es Dich
stärken,
Glaub' mir, Du trägst nicht allein, was Dich trifft, trifft auch
Ismenen!"
 Sprach's und dem liebenden Wort antwortet lächelnd der
Blonde:
„Immer warst Du bei mir, ja wohl, Dein Auge bestätigt's,
Strahlend im herrlichsten Glanz und wie ein Wunder mir
plötzlich
Lange Vergessenes weckend, ihm schönste Vollendung verheißend.

Hör', als Kind einst schlief ich im Wald, als blendend ein Lichtstrahl
Durch das Gezweig fiel, welcher mich weckte, zugleich fuhr,
Scheu vom Geräusch des Erwachenden oder vom Glanze, die Natter
Züngelnd davon, die unter dem Grün, Tod dräuend, herankroch.
Das ist's, ganz ein ähnliches Licht zeigt eben Dein Aug' mir,
Und wie die Mutter mir damals die Wundererscheinung ge=
deutet,
Also scheint es erfüllt nun, daß die Liebe mir leuchte,
Freundlich leuchte, dem Lichtstrahl gleich, wenn ein tückischer Feind nah.
Darum, wär' es auch so und glich dem Gewürme der Wüst=
ling,
Cestus mein' ich, der kommt, mit der Urne den Träger zu holen,
Fürchten wollen wir nicht und wie im Busen der Muth mir
Wächst, weil treu in der Noth Du bist, wie germanischer Brauch ist,
Schwert mir und Schild Du selber, o Braut, statt bräutlicher Mitgift,
Also hoffe auch Du, daß der rettende Stern sich nicht trübe,
Welcher von Göttern stammt und zu glücklichem Ziele uns führet.
Komm', die Stunde gewährt's, ich geleite Dich noch zu des Tempels
Friedlicher Ruh', des geheiligten, welchen die Himmlischen alle
Schirmen, doch eine zumal, die Göttin, welcher Du dienest,
Welcher Du gleichest, wie das Gebild vor ihrem Altare,

19

Das mich Schauenden oft wie mit Deiner Erscheinung beglückte.
Liebreich steht es und segnend, ein Spiegel der ewigen Liebe,
Zeigend zugleich, was selber Du bist und wer Dich behütet.
Komm', o könnt' ich vor Allem, was droht, auch heim Dich
geleiten,
Heim auf der Fluren Gebreit, an den bläulichen Strom, in
des Gaues
Laubumdufteten Kranz, zur Stätte der goldenen Treue!
Ja, wie der Stern, der uns führt, lichthell wie das Auge
der Freia,
Glänzet die Treu' um Wald und Gebirg, um Strom und
Gehöfte,
Glänzt in der Mannen Geleit und strahlt in dem Lächeln der
Frauen,
Gleicht hellblinkendem Thau in der Blüth' und mit kindlichem
Auge
Blickt sie zu segnenden Göttern empor. Allvater ist Wodan,
Lebender Heil und Sieg, der Sterbenden tröstliche Zuflucht,
Und wie die Mutter ist Frigg' und wacht allsorgender
Seele.
Dann an der Hand, der Göttin gleich voll sonniger Jugend,
Führt ich Dich hügelhinan, in des Morgens Glanz an des
Stromes
Glitzernder Fluth ins grünende Thal, Dir die andere Heimath!
Sieh, und es harrt Dein Gerda, die Schwester, der aus der
Ferne
Oefteren Gruß Du bot'st, sie harrt und drückt an das Herz Dich,
Aber Du drückst mir die Hand, wie jetzt, und uns drohet
kein Leid mehr."

Drauf dem gehobenen Wort versetzt mit Rührung Ismene:
„Wie doch, Geramund, Du die Fremde so heiter mir nahbringst
Jetzt, wo traurige Sorge die Heimath dunkel in Nacht hüllt!
Freundlicher winkt das entlegene Land und traulicher grüßet
Dort am Gestade des Meers die Stadt mit dem Gruße der
        Ahnen,
Gnädig den Flüchtigen noch, wie einst in der dämmernden
        Vorzeit.
Allzuweit nicht führt, so mein' ich, von dort an den Rhein auch
Schützend ein Pfad und wenn, dann sicher auch sähe mich Gerda.
Nimmer auch zürnte die Göttin der Scheidenden, welche der
        Bruder
Ihr als Waise vertraut, da er ging, mich treibt ja die Liebe
Und ihm selber, dem Bruder, ist dort willkommen die Schwester.
Nein, sie zürnte mir nicht, das Bild, von welchem Du sprachest,
Mein ist's, einst als ein Weihegeschenk mir ließ es der Bruder,
Aber es folgte mir treu und ich blieb' in der Fern' auch zu
        Dienst ihr." —
So im Wechselgespräch voll Tröstung wandelt das Paar hin,
Arglos, während ein Aug' voll Arges den Wandelnden folget.
Denn den gefürchteten Cestus brachte die Trauer-Liburne
Dort in die Bucht, vom Walde verdeckt, und den Hügel be=
        stieg er,
Der vom Strande den Weg ihm weis't nach dem Tempel=
        bezirke
Und die bekannte Gestalt ihm zeigt des Trägers der Urne
Und der Begleiterin Reiz und die Pracht umwallender Locken.
Mit der Begier weckt Staunen zugleich in der Seele der Anblick,
Wie so vertraut der Sklave dahingeht neben der Freien,

Welche in jener das weiße Gewand und der Schleier ver-
rathen.
Ferner folget sein Aug' dem Paar, doch als sie dem Haine
Nahn, wo aus dunkelem Grün die schimmernden Hallen des
Tempels
Leuchten, da steigt er hinab in Eil' von der Kuppe des Hügels,
Und als jene am Fuß herwandeln, dicht an dem Kreuzweg,
Nunmehr tritt er hervor.   Doch eitel zeigt sich die Hoffnung,
Welche ihn treibt auf des Räthsels Spur, ihn erkennet der
Sklave,
Geramund, und er tritt, als wär' die Begegnung ein Zufall,
Zwischen Ismene und ihn, daß die Braut, bevor sie des
Römers
Wort trifft oder sein Gruß, in den heiligen Räumen verschwindet.
Groll faßt Cestus darob und er spricht, als jener die Urn' ihm
Reicht, mit berechneter List, scheel blickend: „Welch' tapferer
Ritter
Wurdest Du, blonder Barbar! Wohl sehr vermissest den
Freibrief
Du, da die Peitsche nur blieb, die freilich Mucius selten,
Allzuselten gebraucht. Doch wenn Du zu lernen vergaßest,
Wie sie den Nacken Dir beugt, ich bin der Herr, Dich's zu
lehren,
Heut noch, ich schwör' es beim Styx!"
               Und dem Worte folget die That nach,
Als der Liburne sie nah'n und der Ruderer Rotte, willfährig
Ihres Gebieters Geheiß, dem blonden germanischen Recken,
Welcher die Urne des Todten bringt, zum Danke die Eisen
Schnüren um Hand und Fuß und bleischwer über den Rücken

Lustig die Riemen schwingen und blutend ihn endlich im
Schiffsraum
Bergen, für heut so gesund, um morgen das Gleiche zu tragen.
    Doch es kommt nicht dazu. Als die Sonne den Aether
durchmessen,
Schweigend die Nacht und still in der Dämmerung Mantel
die Welt hüllt,
Dort um den Fels, der vom Strande den Pfad nach dem
Tempelgehege
Schützend begränzt, naht eilenden Schritts, doch wachsam ein
Wanderer,
Geramund, als ein Flüchtling, gefaßt doch und kühnen Ent=
schlusses.
Länger vermocht' er nimmer des Cestus Kette zu tragen,
Gilt's doch das Leben nicht bloß, auch, was dem Leben den
Reiz giebt.
Also ist es gewagt und hinter ihm liegt die Liburne,
Harrend der Abfahrt früh, wenn hell aufleuchtet der Morgen.
Dort in der Bucht, unweit des Gestades, wieget die Fluth sie,
Doch mit den Ruderern schlief ihr Herr, als die Ketten der
Sklave
Streifte, dem dunklen Raum entstieg und vom ragenden Bug
dann
Lautlos hinunter getaucht und, die grimmigen Schmerzen
verbeißend,
Unter dem Spiegel der See mit noch blutenden Armen an's
Land schwamm.
Schirmend darauf den Enteilenden barg das Gezweige des
Waldes,

Dann thalab durch die Schlucht und er nahet dem heiligen Haine,
Wo nach der Braut ihn verlangt, bevor nach der felsigen Kreta
Fern ihn ein Nachen entführt, den am Strand er weiß noch
von früher.
Also jener. Ismenen indeß hingingen die Stunden
Traurig, scharf ist der Liebenden Aug' und ihr ahnte mit
Bangen
Bald ausbrechender Sturm. Zu wenig glichen sich Beide
Und zu jäh nach dem gütigen Herrn kam wechselnd der wilde.
Daran denkt sie, weilend im Hain, in der Zeit bis zum Abend,
Oft nach dem Meer ausspähend, auf welchem sich wiegt die
Liburne,
Scheu, wenn Cestus oder vom Schiffsvolk Einen der Blick trifft,
Doch umsonst den Geliebten, um den sie sorget, erwartend.
Aber als fern am Himmelsgewölb herwandeln die Sterne,
Zeugen früheren Glücks und immer noch leuchtend wie damals,
Wie als wäre sein Schwinden ein Traum und als käm' es
ihr wieder,
Zögert sie noch, zu gehn, und bleibt, wie oft auch getäuschet
Von dem Wind im nahen Gebüsch um den Schritt, den er=
wünschten,
Oder vom murmelnden Meer um den Gruß, der klingt wie
ihr Name.
Und so findet der Flüchtling dort in der Stille der Nacht sie,
Sanft an die Brust sie drückend, indem er leise das Wort spricht:
„Harrtest Du mein, Ismene, wie vormals, ob ich auch heute
Anders komme, als sonst, ein Geächteter, welcher gezeichnet,
Wie aus der Kette der Hund, aus des Uebermüthigen Joch
brach?"

Drauf Ismene voll Schmerz: „So kam's, wie ich sorgte,
Du Armer?
Einzig die Flucht, von Gefahren umringt, vermag Dich zu
retten?"
Wiederum er: „So ist's, doch sie rettet mich Dir, wie
ich hoffe,
Ob auch ihr Wechselgeschick den Blonden härter als Kampf dünkt,
Kampf in offener Schlacht und mehr der Jagd, als der
Schlacht gleicht.
Anderes blieb mir nicht, wie viel vor dem Wagniß ich Raths
pflog,
Gleich nachsinnend wie meinem Geschick, so Deinem, Ismene.
Nein, nur dieses erschien dem Erwägenden endlich das Beste:
Nimmer auf Rhodos finde der Häscher mich, welchen, das
glaub' nur,
Cestus allsogleich absendet, sobald er die Flucht spürt.
Nur zu viel schon weiß er und hier vor allem mich sucht er.
Deshalb hält kein heimlich Versteck, so verborgen es wäre,
Mich auf Rhodos zurück, zum Verderben uns, wenn er es fände.
Dich, die Priesterin, schirmt des heiligen Tempels Bezirk hier,
Mir doch weiß ich ein Boot am Strand und ich rud're nach
Kreta.
Denn am ehesten rettet ein kühner Entschluß oft, woran nie
Denkt der Verfolger, und wenn, nicht fänd' er die heimliche
Felsschlucht,
Welche mich birgt, bis er müde der Haß. Sieh, eh' ich hier=
her kam,
Hielt dort fest uns der Wind, der neidische, wie wir ihn schalten
Damals, aber wie preis' ich ihn jetzt ob der günstigen Säumniß!

Vielfach schweifte des Tags ich im nahen Gebirge, wie zwischen
Heimischen Bergen dereinst, da sah' ich des wilden Geklüftes
Viel und finstere Schluchten und tief unwegsame Gründe.
Dahin streb' ich zunächst, dort bietet sich rettende Zuflucht
Erst, und es öffnet ein Weg sich, so hoff' ich, zu glücklichem
              Ausgang
Mir, nicht der Flüchtlinge erstem und einzigem, den ein
              Versteck birgt,
Während die eilende Zeit hingeht, die den Häscher ermattet,
Doch den Verfolgten allmälig entrückt und bin ich vergessen,
Kehr' ich sicher zurück und mich schirmet die Liebe im Stillen.
Darum weine mir nicht, nein, hoffe, ja hoffe so lange,
Als dort oben gen Süd am Rand des Himmels der Stern
              flirrt,
Schwindet er ja in der Monde Verlauf und hörst Du bis
              dahin
Nichts von dem Blonden, dann weine um ihn, bis dahin
              doch hoffe!"
     Muthiger drauf antwortet Ismene: „O könnt' ich, Du
              Armer,
Ueber das Meer Dich begleiten und schirmen, ein Schild und
              ein Schwert Dir,
Gleichend, von der Du erzählt, aus Deinem Volke der Heldin,
Kampfesgenossin des Mannes, Gefahr und Sieg mit ihm
              theilend!
Könnt' ich! Wie priese ihr Loos die Tochter des Südens, die
              harmlos
Hier in dem Frieden des Thals aufwuchs, dem Gewoge des
              Streites

Fern und der Kämpfenden Wechselgeschick, im Dienste der Göttin,
Welche die Liebe nur kennt und das heimliche Glück, das
sie segnet!
Könnt' ich! Wie gern, o wie gern, Du Flüchtling, zög' ich
des Wegs mit,
Froh, wenn zu leben versagt, in den Tod Dir folgend gemeinsam!"
Drauf, von dem Worte bewegt, spricht sanft der Blonde:
„Wie herrlich
Leuchtet der Stern Dir um's Haupt, der rettende! Dennoch
vergiß das!
Nein, so sei es doch nicht, Zwei bergen sich schwerer, als Einer,
Folge mir nicht in der Stunde Gewirr, die gebieterisch mahnt schon,
Weile, und trau' den Göttern, den helfenden, traue dem Gott auch,
Den Charin Dir, der würdige Greis, im Thale verkündet
Als vor allen den leuchtendsten Hort im Dunkel der Trübsal.
Leichter scheiden wir dann, und wir müssen scheiden, Ismene,
Eh' uns die Zeit um die andere täuscht, die zu künftigem
Glück uns
Wieder vereinigen soll, schon rufet das Meer und ich höre
Dumpferen Ton daher in der mitternächtlichen Stunde,
Doch auch vertraut, wie des Freunds Zuruf — so lebe mir
wohl denn!"
Aber Ismene darauf verstummt in dem Schmerze des
Abschieds,
Fest ihn haltend und weich mit weißen Armen umklammernd,
Wieder ihn lassend in Angst, daß ihr Zögern die Rettung verzögre,
Weilend dann lange, als fern schon des Ruderers Schläge
verklungen,
Ach, ihr klingt ja wie Gruß noch der Meerfluth ewiges Rauschen.

5.

Der Flüchtling.

————

Hell über Rhodos' Hügeln glänzt auf des Morgens Gluth
Und streift mit Rosenfingern die Nebel von der Fluth,
Und nun im Lichte schmücket der Ruder Perlen=Flug
Des niedern Nachens Planke, des stolzen Schiffes Bug.

Von Osten kommt der Nachen, das Schiff aus fernem West,
Die leuchtend klar das Frühroth einander sehen läßt,
Und auf dem Schiff denkt Mancher: Wohl nicht von ungefähr
Führt den sein winzig Fahrzeug zur Nacht aufs hohe Meer.

Doch ob gleich laut erschallet: Heran, Du Schiffsgesell!
Der blonde Rudrer folget dem Ruf nicht allzuschnell.
Und wäre gegen funfzig zu ungleich nicht der Strauß,
Er holte wohl zum Wettlauf sein einzig Ruder aus.

Doch Einer schaut vom Schiffsdeck mit sondrer Lust darein:
„Fürwahr, den Recken gleicht er, wie ich sie sah am Rhein,
Stark wie im Wald die Eiche und wie die Fichte schlank,
An Wuchs gleich jenem Marsen, dem ich die Narbe dank'."

Wer und woher? herüber schallt's fragend nun vom Schiff,
Und lässig hält der Blonde darauf des Ruders Griff:
„Ein Bote, der von Rhodos gen Kreta strebt mit Macht,
Und weil die Botschaft dränget, wag' ich die Fahrt bei Nacht."

„Du bist ein kühner Ferge," spricht drauf vom Schiff der Mann, —
„Das geht ja wie um's Leben, doch langst Du sicher an
Und sprichst Du vor in Knossos, der Stadt, nicht weit vom Thor
Von Glaukos grüß' aus Rhodos den wackern Polydor.

Bald wird dem Gruße folgen, der ihn durch Dich gesandt,
Doch ruft ein Freundesdienst mich zuvor nach Rhodos Strand.
Gleich Dir bin ich ein Bote, fern aus des Westens Gau'n,
Wo hart an Galliens Aeckern ihr Feld die Sueven bau'n."

Und mit dem Wort den Blonden streift scharf des Sprechers Aug':
„Du zitterst!" „Mich durchschauert der kühle Morgenhauch.
Das Zögern nach der Arbeit hält auch vom Ziel mich fern,
Doch läßt Du jetzt mich ziehen, den Gruß bestell' ich gern."

„Wohlan! Nur höre Eins noch, Du heißt Dich stammverwandt,
Doch hätt' an Wuchs und Augen ich's nimmermehr erkannt.
Viel eher, dächt' ich, sprossest Du aus Germanen-Gau
Und dort im Kampf mit Bären wuchs solcher Glieder Bau."

Und lächelnd ruft der Blonde: „Es sei Dir unverwehrt
Ein Gruß an meine Ahnen, wenn Du dahingekehrt,
Und komm' ich selbst hinüber und sprichst Du bei mir ein,
Fürwahr, Du sollst dem Blonden als Gast willkommen sein."

Von dannen führt dann Beide der Ruder straffer Schlag
Und trennt sie weit und weiter und hell bricht an der Tag,
Doch was der Gruß dem Einen beschwor tief im Gemüth,
Klingt zu dem Ruderschlage ihm auf in Wort und Lied:

Flieg' hin, flieg' hin, flieg' heimwärts,
Bring' Flur und Fluß
Und dran dem Väterhofe
Von mir den Gruß!
Rühr' an das Herz der Schwester,
Mein denkt's noch mild,
Treff' auch, mein Lied, den Bruder,
Ihm blieb mein Bild.

Nimm's auf und trag's von Bergen
Zu Thal, du Strom,
Hall's wieder, dunkler Wald du,
Du Götter=Dom!
Verkündet allen Gauen:
Ihr Sprößling lebt,
Ob er auf fernem Meer auch
Als Flüchtling schwebt!

Doch nicht allein! Du Sonne,
Du meld' von ihr,
Dem Licht von Deinem Lichte,
Das auch bei mir,
Bei mir im Früh= und Spätroth
Und für und für,
Und was die Nacht zum Tag macht,
Es kommt von ihr!

Von ihr, die Grimm und Groll mir
Stillt und versöhnt,
Und wunderbarlich kräftigt
Und kränzt und krönt!
Im Bann, ein Ausgestoßner,
Gehetzt wie Wild,
Bin ich gefeit und siegreich
Ist sie mein Schild!

So singt er und beschwinget im Lied des Ruders Eil,
Daß durch die Wogen flieget der Nachen wie ein Pfeil,
Rastlos, doch als die Sonne zur Rüste neigt den Lauf,
Taucht Kretas Felsenufer aus dunklen Fluthen auf.

Er aber heißt willkommen mehr als den Tag die Nacht,
Wohl manche Nacht einst hat er in Wald und Schlucht verbracht,
Auch lädt so leicht nicht Einer den Spätling noch zu Gast,
Drum streckt er, als er landet, am Strande sich zur Rast.

Doch eh' er noch entschlummert, schreckt ihn ein jäher Schrei:
Im Dämmerlicht, so scheint's ihm, ringt Einer gegen Drei.
Flugs auf und rasch zur Stelle! Dann mit des Ruders Wucht
Bahn schaffend, treibt ein Räuber=Kleeblatt er in die Flucht.

Darauf aufathmend grüßt ihn der Mann, den er befreit:
„Beim Zeus! Du kamst als Retter genau zur rechten Zeit,
Schon ging es mir an's Leben und wenn ich's nicht verlor,
Dir dank' ich's, Freund, Dir dankt es aus Knossos Polydor.“

„Ei,“ spricht darauf der Andre, „wie günstig läßt sich's an,
Daß ich sogleich vom Glaukos den Gruß bestellen kann!
Du kennst ihn, heut gen Rhodos' ging er zu Schiff vom Rhein
Und bald, wie er entbietet, kehrt selbst er bei Dir ein.“

„Wohl!“ ruft der Kreter, „doppelt gebührt Dir Dankes Preis,
Doch sag', wie ich den Retter und Freundesboten heiß'?
Gewähr', ich bitt', als Drittes mir williges Geleit,
Denn solchem Gast, wie keinem, stehn Haus und Herd bereit.“

„Doch nicht," versetzt der Andre, „mich schirmt kein friedlich Dach,
Auch frag' nicht meinem Namen, nicht meiner Heimath nach!
Genug sei, daß willkommen der Gast ist, wenn er kommt,
Und Deiner, Freund, gedenk' ich und komme, wenn es frommt."

Drauf wendet, wie den Einen sein Weg heimführt zur Stadt,
Zum Strand zurück der Andre, der keine Heimath hat,
Doch glänzt ein Stern ihm freundlich aus stiller, blauer Fern',
Durch seine Träume leuchtend hell wie der Liebe Stern.

6.

Cestus.

Verschwinde, Stern! Die Braut entführt als Raub
Des Römers unerbittlich die Liburne,
Ein Opfer fast so schweigend als der Staub
Des Todten, der in dunkler Trauerurne
Mit ihr das Zelt am Bug des Schiffes theilet.
Ein Schmerzensbild dort sitzt sie, jammervoll,
Indeß abseits am Mast ihr Häscher weilet,
Das Innerste zerwühlt von Gier und Groll.
Denn die Begierde steigert die vom Weh
Verklärte Schönheit dieser Niobe,
Nur um den Groll zu schärfen durch ihr Schweigen.
Beim Zeus! Der Sklave stach den Edlen aus,
Der eigne Sklave, wie ein Held den Feigen,
Und er verlor um dieses Herz den Strauß.
Verlor? Und er? Ha, wenn die Lust versagt,
So soll ihr Schmerz, ein Spott zu eigner Lache,
Versüßen an dem Flüchtling ihm die Rache
Und büßen soll sie, wird er nicht erjagt.
Hat er kein Recht an ihr? Hat mindres Recht
Im stolzen Rom der Freie als der Knecht?
Bricht ungestraft der Sklave seine Ketten?

O, Cestus wird zum Hüter alter Zucht
Und straft am Weib den Raub, den, sich zu retten,
Der Knecht am Herrn verübt durch freche Flucht.
Ihm hinterließ das Sühne-Recht sein Ahn,
Der Räuber einer der Sabinerinnen,
Und Hohn nur ist's, der, nun das Werk gethan,
Ihm wehren will, die Ernte zu gewinnen.
Fürwahr, aus Hohn verweigert sie den Preis,
Nicht nur aus Scheu, wie wohl die Weiber pflegen,
Aus Hohn stellt sie des Schweigens starres Eis
Mit Duldermiene seiner Gluth entgegen.
Warum auch sonst? Ein Traum nur ist die Treu,
Trug ist des Herzens Unschuld, Wahn und Mythe,
Des Lebens Kern ist Lust, die Liebe Spreu
Und Opferfreude gleicht der welken Blüthe.

Das Meer ringsum ist wie ein Spiegelbild
Des wüsten Triebs, der Cestus' Seele füllt.
Wie blind macht ihn und taub, daß den Genuß,
Den herrlichsten, er sich versagen muß.
So sieht er nicht der Ruder Perlenglanz,
So hört er nicht der Wogen tiefen Klang
Und nicht zum Rudertact der Schiffer Sang.
Er steht am Mast gelehnt und öde breitet
Und weit das Meer sich vor des Schiffes Kiel,
Der nackten Wüste gleich, und endlos gleitet
In Well' auf Well' es hin in trägem Spiel.
Sturm seines Innern soll, so scheint es, wecken
Den Meeressturm, den drohenden, voll Schrecken.

34

Schon braut die Wolke, die den Sturm beschwingt,
Der Funke glimmt, um leuchtend aufzuflammen.
Ihm ahnt, was jetzt um ihren Kuß ihn bringt,
Bricht seiner Pläne stolzen Bau zusammen.
Das reizt, reizt wie sonst nichts. Ein Fehler schlich
Sich unter. Wille stellt sich gegen Willen.
Der macht ein Weib selbst unerschütterlich,
Daß es der Tod nicht schreckt, ihn zu erfüllen.
An diesem Punkt droht, Cestus, Deiner Welt,
Und nicht bloß ihr, es droht dem Römer=Reiche
Die Axt, durch die der Bau in Trümmer fällt,
Und, morsch schon, sinkt er sicher ihrem Streiche.
Fluch über ihren Willen, der an ihn,
Den Geramund, mit aller Kraft sie schließt,
Sie leben heißt für ihn, der, treu und kühn,
Sie als des Lebens hellsten Stern begrüßt,
Des Adels würdig, der die Kraft verklärt
Und ihm in ihr der Schönheit Preis gewährt!
Fluch auch, der mehr ihr gilt, als er, dem Knecht!
Fluch seines Herzens unverdorbnem Triebe,
Dem offnen Sinn, dem Hochgefühl für Recht,
Fluch allem Opfermuth der reinsten Liebe!
So spottet er und knirscht und beugt sich nicht.
Doch droben lagern dunkle Wolkenheere
Sich dicht und dichter vor der Sonne Licht
Und finster wird's und finstrer auf dem Meere.
Schon aufgetaucht, sinkt Kreta's Küstensaum
In Nacht zurück. Der Wogen Kämme wehen,
Sturmvögeln gleich, hochfliegend Gischt und Schaum

Vom Bug auf Deck und unaufhaltsam jetzt
Bricht los der Feind, den schon die Beute letzt,
Der Sturm bricht los, ihm, Cestus, gilt's zu stehen!
Horch! Mit dem Segel fliegt das Zelt zersetzt,
Des Steuers Kraft versagt vor seinen Wettern,
Die Ruder knicken und das Volk, entsetzt,
Schreit auf voll Angst um Rettung zu den Göttern.
Du aber, Cestus, biet' die Stirn, wenn noch
Zur letzten Lust Dein bleiches Opfer reizet!
Schau' nur, wie all der Graus, Du siehst es doch!
Mit keinem Schmuck, sie zu verschönen, geizet.
Ja, trotz', denn unerbittlich droht das Grab,
Und süßer stirbt es sich in weichen Armen,
Und wenn die Götter alle kein Erbarmen,
Vergiß auch Du's und steig' mit ihr hinab,
Voll Hochzeitslust, dazu im wilden Schwall
Der Brandung rings der Windsbraut Chöre all'
Ihr Hymeneion singen überlaut
Im Wahnsinn der Vernichtung: Nimm die Braut!
Doch flugs! Es drängt! Schon klafft vom Stoß das Schiff
Und wrack schwankt's auf des Riffes spitzen Zacken,
Ein Spielball, den mit immer toll'rem Pfiff
Um Dich herum die Wirbelwinde packen,
Mänaden gleich, die rufen: Nimm die Braut!
Fürwahr, und er, er wagt's, er wagt den Griff.
Schon droht sein Arm dem blendend weißen Nacken.
Doch dann, — aus dunkler Wolke zuckt der Strahl —
Die Götter, Cestus, sind doch treu zur Stelle —
Er trifft, Du stürmtest auf zum letzten Mal
Und eine Leiche spült vom Deck die Welle.

7.

Geramund im Sturm.

———

Doch Geramund steht,
Vom Sturm umweht,
Am Strand auf der Höh',
Sieht schäumen die See,
Des Wetters Strahl,
Und beim Blitz zumal
Auf zackigem Riff
Verloren das Schiff.
Da ruft er mit Muth:
„Laß' fahren den Harm,
Zu retten ist gut
Und stark Dein Arm!"

Ha, wie nun flog
Durch des Meers Gewog,
Trotz Sturmes Noth
Gleich dem Falk das Boot!

Auf spitzer Zack'
Erkennt er das Wrack

Und ruft: „Wohlan,
Nur immer hinan!
Nun, Cestus, fürwahr
Erprobt die Gefahr,
Wer schlecht, wer ächt.
Mich hemmen soll
Nicht Furcht, nicht Groll,
Wer weichet, ist schlecht!"

Doch als die Braut
Am Bug er schaut,
Da wagt er im Schwung
Den mächtigen Sprung,
Und steht am Bord,
Ihr Retter und Hort,
Und faßt und preßt —
Wie innig, wie fest! —
Trotz Sturmes Drohn
Mit Götterlust
An die Heldenbrust
Den herrlichsten Lohn.

Doch am Bord derweil
Mit Todeseil'
Der Ruderer Hauf
Als Raub fängt auf
Das schwankende Boot.
Dank ist nicht noth.
Hinein und davon!

Und sie scheiden mit Hohn:
„Ei, Geramund,
Du germanischer Hund,
Zog Liebesweh
So bald Dich zurück
Aus der Freiheit Glück,
Vom Land auf die See:
Nun, so richte das Meer
Das Brautbett Dir her!"

Doch gewaltiger rührt
Nun Ismenen's Wort:
„O Geramund mein,
So treu, so rein!
Der frech mich entführt
Von der Heimath Bord,
Den Cestus erschlug
Der Blitz im Flug.
Denn dem Hohn und Spott
Versagt sich der Gott,
Der Treue hold,
Der den Kranz er zollt!"

„Wohl!" — Geramund spricht —
„Und er schirmt den Pfad
Des Retters, der naht,
Und täuschet nicht!
Der da kommt, beim Thor!
Das ist Polydor,

Der so unverzagt
In den Strauß sich wagt.

Und nun entfleucht,
Von dem Gott verscheucht,
Der Wolken Heer,
Es stillt sich das Meer.
Der Himmel blaut
Und aus düstrem Kranz
Grüßt freundlich und traut
Der Sonne Glanz.
Doch Polydor,
Mit dem Boot zur Stell',
Ruft zum Bug empor:
„Beim rettenden Zeus,
Du blonder Gesell,
Du Heldenpreis,
Nun wehren nicht woll'
Des Dankes Zoll!
Frisch auf und reich'
Mir die Lilie bleich,
Du folge sogleich!
Und nie, fürwahr,
Trug schöner ein Paar
Aus Sturm und Noth
Zu Land ein Boot."

Und das Schifflein naht
Im Flug dem Gestad,

Und Geramund spricht
„Du Retter gut,
O lasse mir nicht
Die Lilie licht,
Die Braut voll Muth
Aus schirmender Hut!
Tritt für sie ein
Und schütz' statt mein!
Denn mir verspricht
Das Land nicht mehr,
Als im Sturm das Meer.
Ohn' Recht und Fug,
Der Lieb' ein Fluch,
Ist der flüchtige Sklav',
Wer ihn fängt, heißt brav.
Zwar der Blitz im Flug
Mir den Feind erschlug,
Den Herrn, der frech
Die Braut stahl weg.
Doch wie gut er traf,
Der Sklav' bleibt Sklav'.
Mein warten schon
Die Häscher voll Hohn
Und Erben hat Rom,
Ha, Erben so viel,
Daß ein Tod nur Spiel.
Doch ich steh' dem Strom,
Ich halte Stand,
Und bötest Du gleich

Zur Flucht die Hand,
Nicht wich' ich feig.
Denn um mich nicht bloß
Mehr fiele das Loos,
Verspielt dann wär'
Mit dem Leben die Ehr'.
Als Mann setz' allein
Das Leben ich ein.
Und wahrlich, nicht sehr
Drum fürcht' ich mehr
Nach dem Sturm von heut!
Ich traue dem Gott,
Der verscheucht, was dräut,
Der, was Menschen Spott,
Die Treue krönt
Und hilft und versöhnt.
Bei ihm denn steh',
Wie immer es geh'."

Drauf Polydor sagt,
Schon den Fuß am Strand:
„Schimpf wär' und Schand'
Unabgejagt
Ein Raub, so rar,
Dem römischen Aar!
Ich hoff' annoch.
Einstweilen doch,
Du wackrer Genoß,
Du Ehrensproß,

42

Mir fest vertraut!
Ich schirm' die Braut
So hold und zart,
Von hellenischer Art,
Brautführer einmal,
Beim höchsten Zeus,
Dem edelsten Reis! —"

8.

Livia.

—

Noch am Strand — und selber muß nun
Geramund die Braut beschirmen,
Als die Räuber seines Nachens
Drohend ihn und sie bestürmen.

Aug' in Aug' der wilden Rotte,
Ei, wie gleicht er einem Recken
Seltner Art, bereit, den ersten,
Der zu nahkommt, hinzustrecken.

Doch eh's noth ist, bringt den Prätor
Sein Gefährt des Wegs zur Stelle,
Neben ihm die junge Gattin
Mit dem Falkenaug' so helle.

Beider Wink stillt flugs den wilden
Sturm der aufgeregten Menge,
Doch das Falkenaug' trifft flammend
Jenen Blonden im Gedränge.

Wahrlich, in der Glieder Fülle
Mars, dem mächt'gen, zu vergleichen,
Muß selbst demantharte Herzen
Solch' ein edler Sproß erweichen.

Wie viel mehr das Herz der Livia,
Stark im Lieben, stark im Hassen,
Das, vom ersten Blick entzündet,
Kaum vermag die Gluth zu fassen.

Denn ihr hat die üppige Weltstadt
Früh das heiße Blut genähret
Und sie schlürft den Freudenbecher,
Weil er reizet, unverwehret.

Ihr wie Märchen klingt die Kunde
Von dem grausen Sturm und Wetter,
Von dem Flüchtling und dem Todten,
Von der Schönen und dem Retter.

Und sie will, wie's angefangen,
Wunderbar das Märchen schließen,
Will als Siegerin des Blonden
Reiz belohnen und genießen.

Wie sie lächelt, als dem Kreter
Ihres Gatten Wort entbietet:
„Schirme, Polydor, die Jungfrau,
Heim sie leitend, wohl behütet!

Doch der Sklaven und des Flüchtlings
Sorge ruht in unsern Händen.
Auf, nach Knossos, daß zu Schiff wir
Sie gen Rom den Erben senden!" —

Nur ein Lächeln hat auch Livia
Für den Schmerzenskampf der Beiden,
Für Ismenen's stille Thränen,
Ihren letzten Gruß beim Scheiden.

Eine Römerin mag nicht glauben,
Was der Gruß von treuer Liebe
Ihr verkündet, ist doch Liebe
Nur ein Wechsel flüchtger Triebe.

Ha, nicht mehr in Taubenaugen
Sollen jene schmelzend blauen
Augen, nein, in ihre blitzend
Heißen Falkenaugen schauen.

Drauf nach Knossos, wie des Prätors
Weiser Richterspruch ergangen.
Und beim Kreter weilt Ismene,
Geramund doch ist gefangen.

Aber Livia's süße Pfeile
Dringen in die Kerkerzelle,
Des Gefangnen Herz zu treffen,
Liebespfeile, flammend helle.

Zeichen, die noch immer siegten,
Holde Zeichen, wärmste Blicke
Locken näher ihn und näher
Zu dem schönsten Liebesglücke.

Ach, so glaubt, so hoffet Livia,
Ohne leise nur zu ahnen,
Was des Flüchtlings Schweigen saget,
Was die blauen Augen mahnen.

Daß sie mahnen: „Dämpf' den Funken,
Livia, eh' er weiter glühet,
Eh' daraus, die Seele tödtend,
Uebermächtige Flamme sprühet!

Eh' die Feuer wilder Triebe
Zum Verderben Dich erfassen,
Und der Liebe sinnbethörend
Folgt ein ungezügelt Hassen!

Nein, sie wähnt in jenen Augen,
Die so glänzten für Ismene,
Einen buhlerischen Zauber,
Der sie lockt so gut, als jene.

Denn von einem andren Zauber,
Der aus laut'rem Herzensgrunde
Jenen Glanz den Augen strahlet,
Hat die Römerin keine Kunde.

47

Hold berauscht schon wähnt ihn Livia
Und ihm soll das spröde Schämen
Bald verführerische Stille
Einer süßen Stunde nehmen.

Wenn dem hellen Tagesglanze
Sich ihr Prunkgemach verschlossen
Und zu heimlichstem Genusse
Sanfte Dämmrung es durchflossen.

Und sie kommt, die stille Stunde,
Fern ihr Gatte, fern, wer immer
Ihrer Wonne lästig zeuget,
Und so traulich ist das Zimmer.

Bei der Ampel mattem Lichte,
Mit den weichen Ruhekissen,
In dem Duft der zärtsten Blüthen,
Holder Rosen und Narcissen.

Ist ein Zimmer wie im Märchen,
Schwelgerische Träume spiegelnd,
Wollust athmend in den Bildern
Und der Sinne Gluth beflügelnd.

Und geschmückt wie Aphrodite
Und mit keinem Schmucke geizend
Harret Livia des Preises,
Siegesmuthig, schön und reizend.

48

Reizend in der weißen Stola
Mit dem reichen Perlenglanze,
Reizend in den schwarzen Locken
Mit dem duftgen Blumenkranze.

Reizend auch das Falkenauge,
Wie es spähet süß verstohlen,
Denn sie hat durch seinen Wächter
Geramund hierher befohlen.

Und auch jetzt in ihrer Seele
Reget sich kein leises Ahnen,
Was des Sklaven Herz beweget,
Was die blauen Augen mahnen.

Daß sie mahnen: Arme Livia,
Eitel schwindet all Dein Prangen
Vor dem Stern, der ihm für's Leben
Hell und leuchtend aufgegangen.

Bläue, sagt man, kündet Treue,
Sieh, ihm nah ist auch die Ferne,
Wie dem Gott und wie sich selber
Bleibt er treu dem Lebenssterne!

Doch schon kommt er und nun gilt es
Tausend Künste, um die blöde
Scheu zu scheuchen, aufzuschließen
Diese Knospe, allzuspröde.

49

Daß mit glühendem Verlangen
Diese wunderblauen Augen,
Livia, an Deinen blitzend
Hellen Falkenaugen saugen.

Und sie kennt die tausend Künste,
Offne Milde, lieblich Scherzen,
Trautes Flüstern, süße Blicke,
Die da neigen Herz zu Herzen,

Sanft verrätherisches Schmiegen,
Linde, lockende Berührung,
Kennt, die jeden Nerv durchzittern,
Alle Reize der Verführung,

Reize, immer schmeichlerisch're,
Immer voll're, immer näh're,
Daß der schüchternste Adonis
Nimmer ihrer sich erwehre.

Alle kennt sie, übt sie alle,
Bis sie müde fast des Spieles,
Irre fast an diesen Augen,
Die ihr sagen gar zu Vieles,

Gar zu vieles Unverstandne,
Wie sie so vorüberstreifen
Und, als dürfte nichts sie fesseln,
Träumerisch in's Weite schweifen.

Arme Livia, Du siehst nicht,
Die er sieht, die stillen Zeugen,
Die ihn eher sterben heißen,
Als sich Deinem Zauber beugen,

Stille Zeugen, doch beredte,
Aus des Lebens schönsten Zeiten,
Die mit tiefer Herzensmahnung
Leis' an ihm vorübergleiten,

Die im Glanze holder Jugend
Schirmend sich und freundlich neigen,
Und viel köstlichere Reize,
Livia, als Deine zeigen.

Hörest auch nicht, was sie sagen,
Um den keuschen Schreck zu wecken,
Daß den Adel seiner Seele
Deine Worte ihm beflecken.

Nein, Du siehst nur jenen einen
Leuchtend hellen Blick Dich streifen,
Den der Täuschung Schmerzen alle
Dir zum schärfsten Dolche schleifen,

Daß die Röthe, die so lodernd
Ueber Wang' und Stirn Dir flieget;
Keinen Sieg der Schönheit kündet,
Einzig kündet, daß sie trüget,

Daß das Schmiegen und das Biegen,
Alle Künste Dich verlassen
Und, dämonisch ihrer spottend,
Ganz Dich Haß und Wuth erfassen.

Und so hast im Sturm der Triebe,
Livia, Du kaum vernommen,
Daß der Blonde mit dem Wächter
Schweigend ging, wie er gekommen.

9.

Ismenen's Trost.

Weit und weiter, Geramund,
Trennt uns nun das Meer,
Aber unsrer Herzen Bund
Löf't es nimmermehr!
Löset nichts! Nein, wie's im Schooß
Roms auch immer fällt,
Deinem Loose ist mein Loos
Immerdar gesellt.

O, dem göttlichen Gebot
Folg' ich ja so gern:
Dein zu sein bis in den Tod,
Nahe oder fern.
Aber auch in Noth und Nacht
Ist die Herrin nah,
Unverhofft mit ihrer Macht
Uns zur Hülfe da.

Ja, der Herzen Königin
Neigt sich für und für,
Ihrer treuen Priesterin
Neigt sie sich und Dir.
Neigt sich, um im Kampf und Graun
Dieser wilden Welt
Uns die schönre Welt zu baun,
Lieb'= und lichterhellt.

Und dem Sturme, Geramund,
Der so schrecklich tobt,
Folgt verschönt der Friedensbund,
Wenn das Gold erprobt.
Sehn auch wir nicht aus und ein,
Sieht doch sie das Ziel,
Und sie hat, den Bund zu weih'n,
Ihre Hand im Spiel.

10.

Unter den Fechtern.

———

Nun hat des Nordens Sprossen
Das Schiff gen Rom geführt,
Und Livia unverdrossen
Hat ihren Haß geschürt.
Einmal heraufbeschworen,
Nicht wich er über Nacht.
Er hat zum Gladiatoren
Den spröden Gast gemacht.

Der Bau dort, seltsam düster,
Hält wohl den Flüchtling fest.
Schau' nur die Bande wüster
Gestalten in dem Nest:
Die wildesten Gesellen
In Saus und Braus und Hast,
In Hallen und in Zellen
Die feiste Todesmast!

Sie spielen, zechen, schlendern
Zu Paaren und im Strom,
Aus aller Herren Ländern,
Die wenigsten aus Rom.
Der Maure und Hispane,
Der Parther und der Mohr,
Der Britte und Germane
Im bunten Chor und Flor.

Der Gallier, der gelenke,
Ruft, seiner Helmzier froh:
„Manch schönes Aug', ich denke,
Blitzt heller, komm' ich so" —
„Nur hüt' Dich", — schnaubt der rauhe
Helvetier ihn an —
„Daß nicht im Staube schaue
Das Auge den Galan!"

Abseits des Knäuls, des rohen,
Am Thor steht Geramund,
Vor ihm der himmelhohen,
Der Riesenbauten Rund.
Die Weltstadt schickt von ferne
Herüber dumpfen Schall,
So wogt im Erdballskerne
Der Elemente Schwall.

56

Und er so still? Ergreifen
Roms Zauber ihn nicht mehr?
Lass' doch das Auge schweifen
Auf all den Schmuck umher!
Im stolzen Ring des mächt'gen
Amphitheaters Bau
Und dort des säulenprächt'gen,
Des Forums Wunder schau'!

Das Capitol umfließet
Ein Strom von Gluth und Glanz,
Von Tempeln ringsum grüßet
Ein reicher Strahlen-Kranz.
Und flimmernd durch's Geäder
Der Gassen, groß und klein,
Zieh'n sich der Hallen, Bäder
Der Thore Säulenreih'n.

Und horch' rings dem Getöse!
Nie wird's zu melden matt
Den Ruhm, die Macht, die Größe
Der Siebenhügelstadt.
Herströmt die Fülle Spenden
So überreich und voll,
Als zahle aller Enden
Die Welt der Schätze Zoll.

Da schwirren hundert Sprachen,
Da klirrt's von Rad und Huf,
Da gellt der Ruf der Wachen
Und schriller Heroldsruf,
Da trifft zusammen wüster
Bacchanten Schrei das Ohr
Mit gelber Isispriester
Eintönig heis'rem Chor.

Der Mann doch an der Säule,
Er hat es wenig acht,
Als wäre Rost und Fäule
In all der bunten Pracht,
Als tönt' im Lärm ein Grollen,
Das lüstern nach dem Raub,
Als hört' den Sturm er rollen,
Der Alles legt in Staub.

Und kann Dich denn nicht rühren
Der Weltstadt Herrlichkeit,
Doch laß' Dir nicht entführen
Die Seele gar zu weit!
Und kommen traute Bilder
Von Lieb' und Heimathsglück,
So scheuch' sie vor so wilder
Genossen Spott zurück!

58

Ja, scheuch' das stille Sehnen,
Daß es Dich nicht berückt
Gleich Einem, der die Thränen
Einst jäh im Tod erstickt.
Ein Fechter war's ohn' gleichen,
Als man zum Spiel ihn fuhr,
Bot er des Rades Speichen
So Haar als Haupt zur Schur.

Zu lang' schon selbstvergessen
Standst schweigend Du am Thor,
Es spotten Dein vermessen
Der Gallier und der Mohr.
Es ist ein loses Necken
Zu eignem Zeitvertreib:
Von hinten geh'n dem Recken
Sie mit dem Garn zu Leib.

Gieb acht der schlauen Seiler,
Eh' man die Faust Dir schnürt!
Blitzschnell spring' hinter'm Pfeiler
Hervor, wie sich's gebührt! —
Recht so! Da wälzt zur Buße
Der Mohr sich in dem Sand,
Den Gallier schwingt am Fuße
Hoch in der Luft die Hand.

59

Er schwebt in Angst und Schrecken
So lange, bis er fällt,
Da klingt ein Hoch dem Recken
Von Allen, daß es gellt.
Ein solcher Streich, wie keiner,
Verschafft dem Blonden Gunst,
Ihn stört fortan nicht Einer,
Denn er versteht die Kunst.

11.

Die Botschaft.

Indeß kommt durch das brausende Gewühl
Der Gassen um den Esquilin ein Mann,
Ein lecker Schwimmer in dem Strom. Er hält
Bei des Amphitheaters mächt'gem Rund,
Des Flavischen, und vor dem Mauerring,
Worin der Gladiatoren Schwarm, die Spreu
Der Welt, der Weltstadt zeigt, wie gut
Das heute roth und morgen todt sich reimt.
Er späht mit scharfem Aug' durch's Thor, ruft dann:
„Beim Zeus, da ist er, eines Hauptes Länge
Gigantisch ragend über dem Gezücht!" —
Und drängt sich vor und macht den Kriegsknecht, der
Den stummen Wächter spielt, durch Gold auch blind
Und steht vor Geramund, ein Wunder fast.

      „Ich bin's" — ruft er — „kein Traum, bin Polydor,
Ein Kreter besser, mein' ich, als sein Ruf.
Bin da, trotz Livia" — „Und mit Ismenen?" —
Fragt Geramund voll Hast und jener drauf:
„Allein! Doch unser Kleinod ist derweil
In bess'rer Hut, ist sicher vor dem Groll

Der Römerin. Ha, diese Römerin!
Sie schäumt vor Wuth, vielleicht weil ihr zu rein
Die Lilie, vielleicht auch, weil ein Blonder
Die Taubenaugen vorzog Falkenaugen.
Hüt' Dich vor Livia, nicht liebt sie mehr
Und weilt in Rom, seitdem vor ihrem Stoß
Die Taube wir gerettet." — „Sag' doch, wie,
Du Retter gut" — ruft Geramund — „und laß'
Die Römerinnen und die Falkenaugen!" —
Drauf wieder Polydor: „Doch spielen beide
In unsrem Stücke mit, obwohl sie bald,
So denk' ich, ihre Rollen enden sollen.
Es weht ein eigner Wind in diesem Rom,
Er streift durch alle Gassen und fürwahr,
Ihn hört' auch, mein' ich, in der Burg der Kaiser.
Von drüben kommt er, von den Bergen her
Und trägt auf seinen Schwingen Völkernamen,
Wie Schlachtgesang, der in ein Römer=Ohr
Mit jäh'rem Schreck als je vor Zeiten dröhnt.
Doch Dir, Freund, klingt er wie ein Heimathsruf,
Ja wohl, Dich trifft der Hauch wie Brudergruß,
Wie Frühlingswehn, das alle Welt verjüngt.
Das sagt Dein Auge mir, der Druck der Faust,
Die meine fest, wie eine Zange, preßt.
Geduld! Geduld! Die Reih' kommt auch an Dich,
Rom wird Dich brauchen und den Sklaven schlägt es
Zum Ritter, daß er vor den Riß sich stelle
Und aus der Gluth, die seinem eignen Finger
Zu heiß ward, die Kastanien ihm hole.

Du knirschest, ei, und deut' ich recht den Zorn,
Womit die Zange jetzt die Hand mir faßt,
So rechnet falsch der Römer und es heißt:
Halt ihn, so hast Du ihn! Beim Zeus, ich wußt' es
Vom ersten Tag an, wo mein Aug' Dich sah
Und mit den Helden meines Stamms verglich,
Der Kämpen Schaar, die dort bei Marathon
Und Salamis für Hellas stand zur Wehr.
Die Lieb' zum Vaterlande starb nicht aus,
Ein neuer Stamm erwuchs aus alter Saat
Und hat gleich der Hellene ausgespielt
Und kam die Rolle meines Volks zum Schluß,
Doch gilt mein Wort dem Erben seines Geistes.
Und also hör'" — „Doch nun der Reihe nach!" —
Mahnt Geramund und Polydor versetzt:
„Genau wie nach dem Strich, ja wohl, ich weiß
Und richte mich darnach. Beim Zeus, der Sturm,
Von dem vom Capitol zum Tiberstrand
Ganz Rom erfüllt, zerriß den Faden mir,
Und doch gehört der Kriegssturm wie der Kopf
Zu unsrem Stück und macht's erst voll und rund.
Ja, wie ein Wunder schloß die Kunde schon
Den Blick mir auf, die fernsten Enden knüpften
Sich mir zusammen und die Sorge wich
Aus meiner Seele auch um Dein Geschick.
Wie? dacht' ich, wenn nun jener Sturm aus Nord,
Fern von der Adria und weiter her,
Der all die Völker drängt zum Kampf mit Rom,
Dem Blonden auch aus diesem Nest hier hülfe,

Vielleicht im Sold des Römers erst, doch fände
Zu seinem Volk er schon den rechten Weg,
So oder so, und einmal frei, ei, dann
Auch an den Rhein wohl bräch' er sich die Bahn.
Und hör', Freund Geramund, wie wär's, wenn dort
Dir Deine Lilie blühte rein und zart,
Des Südens schönster Sproß, wenn dort im West,
Vielleicht sogar auf Deiner Väter Hof
Dein Stern Dir schien, nicht fern mehr, wie dereinst,
Nein, himmelher Dir fiele in den Schooß?
Du schaust mich groß mit blauen Augen an,
Als spiegelte sich Dir ein Traumbild vor,
Zu schön, um es zu fassen, dennoch glaub',
Kein Wolkenbild betrügt Dich um die Göttin.
Es gilt, die Fahrt nach jenem Schatz zu wagen,
Ein Argonaute nach dem Vließ. Denn sieh',
Schon führet jener Glaukos, dessen Gruß
Du mir nach Kreta einst nach einer That,
Die mir das Leben rettete, gebracht,
Er führt die Lilie mit raschem Kiel
Dem Rhein entgegen und dem Bruder zu.
Merk' auf, der Faden kommt zum schönsten Schluß.
Ich nannte Deiner Väter Hof, ein Wort,
Vor dem Dein Aug' ich heller leuchten sah.
Nicht wahr, die Bilder unf'rer Jugendzeit
Sie bleiben stät im großen Lebensstrom
Und glänzen uns gleich Perlen dann und wann
In der Erinnerung auf, lichthell wie keine?
Ja, der Bericht des munt'ren Glaukos klang

Auch lieblich an ein Griechen-Ohr, obwohl
Ihm manche Namen seltsam fremd ertönten.
Vielleicht, daß Dich vertrauter rührt ihr Ton.
Von einer Gerda sprach er, schlank und herrlich,
Vergleichbar Deiner Lilie, die im Wald
Und in Gehegen, gleich der Artemis,
Am blauen Strom streicht über Berg und Thal,
Der Gauen und der Höfe schönster Preis,
Und Schwester eines Häuptlings, dessen Name
Armin er nannte. Da geschah's, erzählt' er,
Daß jene Waldestochter unverhofft
In ihrem lust'gen Reich betraf sein Herr,
Klearch, Ismenen's Bruder, als er tief
Im Dickicht sich verirrt. Sie wies den Weg
Als schönste Führerin, doch, ach, Klearch,
Ins Römerlager kam er krank zurück,
Herzkrank, wie Glaukos meinte, schier verwandelt,
Ein blöder Schäfer statt des kühnen Kriegers.
Zugleich voll Sehnsucht war er nach der Schwester
Und Glaukos ward nach Rhodos abgesandt,
Der fernen dort des Bruders Gruß zu bringen.
Du selbst sahst Schiff und Schiffer, doch der Gruß
Traf erst auf Kreta sie und weil er bald
Sie nachzog, kommt sie ihrem Bruder wohl
Gelegen, um für ihn die Braut zu werben
Und Du, ich merk's, wärst gern ihr Hochzeitsgast." —
    „O wär' ich's!" — ruft der Blonde — „und erwachte
Vom Traum, der Deine Botschaft weckt, daheim!
O kämen sie und holten mich von hier,

So lang's noch Zeit! Doch, ach, der Weg vom Rhein
Ist weit nach Rom und Livia, fürcht' ich, drängt,
Drängt rasch zur Probe, die entscheiden soll,
Ob der Germane, der so übermüthig
Sich ihren Zorn beschwor, in der Arena
Des mächtigen Amphitheaters dort,
Ganz Rom zu Zeugen, keck dem Tode so
Trotz bietet, wie vordem den Falkenaugen.
Doch Deiner Rede Sinn verstand ich wohl,
Die mit der Sehnsucht mir die Kampflust schürte;
Auch wär' sie nicht umsonst, wenn irgend sich
Ein Pfad mir wies', der mich hinüberführte
Von hier dorthin, wo, wie Du sagst, mein Volk
Vor seinen Marken steht zu Schutz und Trutz.
Ja, lieber wählt' ich mir den Römer selbst
Zum Gegner aus im freien Feld, als daß
Im Mauerring dort, ihm zur Augenweide,
Mir selbst zum Spott, ich um mein Leben ränge." —

    „Eins folgt auf's Andre, wie auf's Spiel der Ernst" —
Fällt Polydor von Neuem ein, — „nur daß,
Freund Geramund, Du nicht den Muth verlierst." —

    „Muth ist nicht noth zum Spiel, der Ernst will Muth"!"—

    „Doch zeig', daß Du das Spiel verstehst, den Römern
Und Römerinnen, ha, und Livia
Schaut nicht allein dem Waffentanze zu!
Auch ich bin Zeuge Dir und trüget nicht
Ein falsch Gerücht, kommt gar der Kaiser noch,
Kommt Marc Aurel, ob sonst auch), wie man sagt,
Den Spielen wenig hold, doch gelt' es jetzt,

Zu zeigen, daß das alte Rom noch fest,
So fest wie zu den Zeiten des Karthagers,
Und jetzt so wenig, wie vordem, als jener
Vor seinen Thoren stand, dem Sturme bebt!" —
   „Ob ich das Spiel versteh', frag' jene dort,
Ein wild Gezücht! Doch zeigen will ich's, Freund,
Auch Dir und Livia und dem Kaiser auch.
Wer weiß, ob's nicht so kommt, wie Du gesagt?
Ob nicht den kecken Spieler, wenn es glückt,
Der Kaiser brauchen kann?"

                „Er kann und wird,
Das zweifle nicht!" — spricht Polydor — „Doch jetzt,
Dein blinder Argus dort wird plötzlich sehend,
Die Sonne, welche blendete, mein Gold,
Verlor den Glanz, er mahnt und ich muß gehn.
Einstweilen also, Freund, auf Wiedersehn!"

12.

Das Kampfspiel.

————

Jetzt im Amphitheater
Vom Grund zur Höh',
Da wogt es, wie es woget
Auf hoher See.
Der Kämpfe, Rennen, Hetzen
Wird Rom nicht satt:
So läßt die Welt zur Ader
Die Riesenstadt.

Doch wie's auch wogt, der Kaiser,
Er lenkt den Strom,
Denn Marc Aurel, der weise,
Er kennt sein Rom.
Er weiß, daß ihm gebühret
So Spiel als Brod,
Und giebt von Beidem klüglich,
So viel ihm noth.

Und daß die wilde Woge
An ihm sich bricht,
So fehlt auf seinem Sitze
Er heute nicht.
Es soll des Blutes fließen
Nicht allzuviel.
Wohl braucht er's, denkt der Kaiser,
Doch nicht zum Spiel.

Nächst ihm umringt das Staubfeld
Der Edlen Flor
Und höher, immer höher
Ein wüster Chor.
Das ist ein dumpfes Grollen
Verhaltner Wuth,
Das ist ein heimlich Lechzen
Nach rothem Blut.

Doch jenes Falkenauge
Brennt für und für,
Der Livia Falkenauge
Blitzt offne Gier.
Ja, durstiger nicht lechzet
Nach Blut der Sand,
Als dieses Falkenauge,
Dahin gewandt.

69

Doch leer liegt die Arena,
Ein Legionär
Nur hier und dort zur Wache
Mit Helm und Speer.
Noch leer, doch bald — ein Wink nur,
Und welch' ein Bild
Gestaltenreich lebendig
Das Staubgefild!

Und Marc Aurel, kein Nero,
Der grausam geizt
Und wüste Leidenschaften
Durch Zögern reizt,
Er giebt den Wink, davor sich
Das Bild entrollt,
Eh' noch einmal, wie Sturmwind,
Die Menge grollt.

Sein Aug', kein Falkenauge,
Blickt kühl und klar,
Als nun durch's offne Thor kommt
Der Fechter Schaar.
Paar folgt auf Paar gemessen,
Doch nackt genug,
Trotz Schwert und Schild und Helmzier, —
Ein langer Zug.

70

Ei, Altbekannte grüßen
Daraus hervor:
Der Gallier, der gelenke,
Der schwarze Mohr,
Und Einer noch, ein Blonder
Mit blauem Aug',
Ha, wie er reizt vor allen
Das Falkenaug'!

Doch auch der Kaiser schauet
Mit Lust den Mann,
Als jetzt die Schaar zum Gruße
Ihm kommt heran.
Salutant morituri —
Er denkt, wer weiß?
Doch sicher pflückt der Tod mir
Nicht solch ein Reis!

Indeß denkt Livia anders,
Als Marc Aurel,
Auch nicht noch einmal, hofft sie,
Geht heut' sie fehl.
Des Blonden wartet heimlich
Ein schwarzes Loos,
Sie zahlt mit Gold dem Mauren
Den Todesstoß.

71

Die Tuba giebt das Zeichen
So schwer und bang,
Doch folgt bald lust'ger Hörner
Und Flöten Klang.
Dann tritt der Schwarm gewappnet
Zum Kampf heraus,
Der Gallier mit dem Mohren
Zum ersten Strauß.

Und besser heut', als gestern,
Hält jener Stand,
Heim zahlt er wucht'ge Hiebe
Mit wucht'ger Hand.
Verloren zwar vom Helm geht
Die Federzier,
Doch liegt zur Sühn' der Schwarze
Im Sand dafür.

Umsonst nicht fleht um's Leben
Der krause Mohr,
Doch taucht, voll Staub die Wolle,
Er lahm empor.
Das Bild ist, meint der Kaiser,
Zum Lachen gut,
Und Rom, das lacht, vergißt wohl
Den Durst nach Blut.

Nun wechselt vielgestaltig
Der Waffentanz,
Denn Marc Aurel fügt blendend
Zum Scherz den Glanz.
Und Netz und Dreizack fliegen
Nach Fang und Raub
Und Mirmillonen wirbeln
Hoch auf den Staub.

Es splittern manche Schilde,
Manch' Schwert zerbricht,
Und Mancher, der gefallen,
Erhebt sich nicht.
Es wechseln Sturm und Stille,
Wie Lust und Harm,
Und wärmer wird und wärmer
Ringsum der Schwarm.

Der Kaiser denkt des Recken,
Der ihm gefiel,
Er will mit dem nicht zögern,
Sonst bleibt's kein Spiel.
Und wie er winkt, flugs stehen
Zum Kampf bereit
Ein Blonder und ein Brauner,
Doch Riesen beid'.

Ein Paar zur Augenweide,
Wie keins fürwahr,
So ringt im Wüstensande
Ein Löwenpaar.
Der Schilde Dröhnen gleichet
Des Donners Krach,
Und Schwert auf Schwert trifft wuchtig
Wie Hammerschlag.

Still sieht darein der Kaiser
Von seinem Sitz,
Doch dort das Falkenauge
Hell wie der Blitz.
Darin die Gluth des Hasses
Dämpft Blut allein,
Doch muß des Blonden warmes
Herzblut es sein.

Und noch ein drittes Auge
Nicht allzukühl,
Ein Freundesaug' schaut nieder
Aus dem Gewühl.
Doch der denkt, dem's gehöret,
Der Polydor:
Fürwahr, er gleicht dem Kämpen
Mars oder Thor!

Ja wohl! Die breite Brust geht,
Wie immer, kalt,
Ob auch der Maure toset
Wie Sturm im Wald.
Und jetzt, — Du arme Livia! —
Welch' geller Schrei!
Doch Marc Aurel, der Kaiser,
Aufathmet frei.

Das war ein Hieb, so schneidend
Ein Beil nur sauf't,
Er nahm dem Mauren beides,
So Schwert als Faust.
Just hob der Arm zum Stoß sich,
Nun hängt am Rumpf,
Eh' er den Lohn erkämpfte,
Ein blut'ger Stumpf.

Der Kaiser spricht: „Der Braune,
Der kann nicht mehr,
Doch ruf' man mir den Blonden,
Den Sieger her!" —
Er kommt, wie's ziemt, und stehet
Fest wie ein Mann,
Ihm sieht des Kampfes Arbeit
Wohl Keiner an.

Drauf Marc Aurel mit Lachen:
„Du Recke groß,
Dank's Deinem Streich, der machte
Vom Strick Dich los!
Du wirst, statt eines Fechters,
Ein Legionär,
Ich denk', der Rollenwechsel
Fällt nicht zu schwer!

Zeig', was Du kannst, im Felde,
Wie hier in Rom,
Dort drüben an den Alpen,
Am Donau-Strom,
Und führst Du gleich dem einen
Den zweiten Streich,
Dann mit dem Lohn auch, Blonder,
Heißt's gleich um gleich!" —

Drauf denkt des Spiels der Kaiser
Wie vor so nach,
Rom mahnt und ihm gehöret
Dafür der Tag.
Zwar kam das Falkenauge
Um allen Glanz,
Doch Polydor schaut lustig,
Als wär's ein Tanz.

13.

Geramund und Polydor.

Polydor:

Ei, was sie sprechen von Trennungsschmerz!
Mir wahrlich, Freund, ist es leicht um's Herz.
Dies Bild begleitet, wie keins erfreulich,
Mich über Meer in die Heimath treulich.
Ja, herrlich stehen Dir Helm und Wehr
Als Kampfgenossen im Römerheer.
Es wäre Schade, doch mir ist bange,
Dich hält der römische Aar nicht lange.

Geramund:

Mir selbst ist bange, ich denk' wie Du.
Führt erst der Aar mich der Heimath zu
Und liegt sie selbst vor dem Aug' mir offen,
Die Wahl dann, mein' ich, ist bald getroffen.
Ich gehe nimmer zur Braut so hold
Durch Bruder-Blut in der Römer Sold,
Auch wart' ich nimmer vom Rhein der Lieben,
Frei muß von hüben ich kommen drüben.

Polydor:

Doch standest Du als ein Fechter gut
Erst Deinem Volke daheim zur Hut,
Dann freundlich grüßet, den Bund zu weihen,
Im freien Lande die Braut den Freien.
Die Heimath gleichet dem Blumenstrauß,
Darin der Blume das Vaterhaus,
Sieh', in dem treulich gepflegten Kranze
Strahlt auch die Blume im rechten Glanze.

Geramund:

Drum sammt dem Strauß und der Blume traut
Ist werth des Preises mir auch die Braut.
Ich zahl' den Preis vor dem Wiedersehen,
Dem Ganzen gilt's, wie dem Theil, zu stehen.
So war es stets des Germanen Art,
Daß rein den Boden er sich bewahrt.
Dem Steckling soll er an Wuchs nicht gleichen,
Im Walde gleichet er seinen Eichen.

Polydor:

Du fällst auch nicht aus der Art, beim Zeus!
Und er auch zahlet Dir uns'ren Preis
Und zahlt ihn freudig und frohen Muthes
Dem wackern Erben so edlen Blutes.
Den Bruder mein' ich, am Rhein das Reis,
Und mein' die Schwester, die Lilie weiß.
Ich denk', es bleibet für solche Sprossen
Dein Boden nimmer zu spröd verschlossen.

Geramund:

Und das mit Fug! Ja, genug ist Platz
Für manchen Theil aus des Südens Schatz!
O bring' Du selbst von den Blüthenborden
Aus seiner Fülle ein Stück gen Norden,
Ein Bild, der holdesten Braut so gleich,
An Schönheit, Würde und Hoheit reich!
Es stand, als trüg' es der Gottheit Stempel,
Auf Rhodos in Aphroditen's Tempel.

Polydor:

Stand's nicht wie segnend, so Aug' als Hand
Voll Huld und Frieden emporgewandt?
Ei, Freund, die himmlische Aphrodite
Sahst Du in jugendlich reiner Blüthe,
Und Deiner Braut ja gehört das Bild,
Das Sinn und Seele so ganz Dir füllt,
Vom Bruder war es ein Angebinde,
Ein Weihezeichen dem holden Kinde!

Geramund:

Drum gäb' ein herrliches Wiedersehn
Das holde Bild, so vertraut und schön!
Ein Spiegel wär' es der ew'gen Liebe,
Vor dem sich kläret das irdisch Trübe,
Und wär' ein Zeichen von Jugendglück,
Das strahlend kehret mit ihm zurück.
O löse, Freund, mit dem Preis der Erben
Dein Wort, Brautführer der Braut zu werden!

Polydor:
Wie warm Dich machte des Südens Gluth!
Doch für sein Wort ist der Freund Dir gut.
Ei, gern auch gleicht er der treuen Amme
Und pflegt den Sproß dem verwandten Stamme,
Voll Lust, wenn freundlich zu neuem Loos
Die Blume blüht aus dem fremden Schooß,
Mit mildem Schmucke die Kraft zu krönen,
Die Blume mein' ich des ewig Schönen.

Geramund:
Wohlan! So geh' wie zum Sieg ich fort.
Ich treff' den edelsten Lohn ja dort
Im Vaterhaus' an des Stromes Borden!

Polydor:
Ich komm' vom Süden und Du vom Norden.
Und nun zum Scheiden die Hand reich' her!

Geramund:
Für jetzt, für immer doch nimmermehr!

Polydor:
Und nimmer fehlt auch zur rechten Stunde
Das rechte Zeichen dem neuen Bunde!

14.

An der Donau.*)

Nun ins Völkergewühl an der Donau Strom will stoßen
  der römische Aar,
Hellglänzend zu schaun mit der Kralle so scharf in der eisen=
  bewappneten Schaar.
Und im Heer ist der Kaiser, ist Marc Aurel, ist der Blonde
  als Legionar
Und zu Dritt in dem Heer, wie ein Wunder fürwahr, ist
  von Löwen ein mächtiges Paar.

Doch wie Meeresgewog, wenn es fluthet und ebbt, so das
  Volk der germanischen Gau'n,
Umschwärmend den Feind, wie die Meute das Wild, daß am
  ehesten legt sich das Graun.
Und im Auf und im Ab des gewaltigen Kampfs, ei, stutzen
  dem Aar sie die Klau'n,
Wie die Glieder sich fügen zu festerem Ring, hochherrlich ein
  Reich sich zu bau'n.

*) Der Leser wolle sich bei diesem Gedicht an eine alte, von Athenäus
mitgetheilte Ueberlieferung aus dem Quaden=Kriege Marc Aurel's
erinnern.

Und der Kaiser, er weiß, wenn er zaudert dem Feind, der
    stehet zum Kampf ihm bereit,
Mann stehet bei Mann in dem Heldengeleit und es geht wie
    zum Spiel in den Streit.
Doch den Legionar wie ein Odem des Meers, wie ein Hauch,
    der die Brust ihm befreit,
Anweht von den Bergen der Heimath Gruß, von dem Strom
    und der Fluren Gebreit.

Wie das schmeichelt und ruft, wie das dränget und lockt aus
    dem Wald mit dem süßesten Klang,
Wie von drüben herab in den vollesten Chor dumpf brauset
    der Schlachtengesang!
Ha, du römischer Aar, gieb acht nun und halt', halt' fest, den
    Du jagtest, den Fang,
Nicht zu breit ist der Strom und der Mann wie ein Leu in
    des Muths hochgehendem Drang.

Doch der Schwerter Gefunkel des Reckengeschlechts macht wirr
    wohl den Adler und scheu,
Daß er zögert, als wär' er der alte nicht mehr, Schutz suchend
    beim grimmigen Leu.
Und ein Paar ist ja da von der indischen Art, um den Muth
    zu beleben auf's neu,
Wenn es streicht durch den Strom und mit Macht in den
    Feind dreinfährt, wie der Sturm in die Spreu.

Doch ein Schwimmer zuvor weis't jenen die Bahn, ja ein
Schwimmer und Fechter sogar,
Von dem Posten am Wald dort wagt er den Sprung, dort
stand er als Legionar.
Doch nun muthig besteht, trotz Pfeil, trotz Speer, er auf
Leben und Tod die Gefahr
Durch des Stromes Gewog und er kommt an's Gestad als
ein freier Germane fürwahr.

Aufjauchzt er vor Lust, denn dem Schwimmer, ei gelt! war
das lustige Bad nicht zu kühl,
Leicht schüttelt es ab der gewandte Gesell und das Wagniß,
es gilt ihm nicht viel.
Auf ein and'res schon denkt er zum rechten Empfang, nicht
minder ein herrliches Spiel
Und die Keule genügt statt des Schwertes dafür und die
grimmigen Leu'n sind das Ziel.

Doch das Paar aus der Wüste im römischen Heer wie ver-
wundert wohl schaut es darein,
Als nun Kaiser und Priester die Fahrt durch den Strom mit
dem glänzendsten Opfer ihm weih'n.
Doch als offen das Thor dann, als schrecket der Lärm und
der Feuer aufflackernder Schein:
Da mit dumpfem Gebrüll sucht's grollend den Weg an den
Strom und es stürzt sich hinein.

Und nun rauscht es herüber, ein selt'nes Gefährt! Doch zum
  Aengstigen tauget es schlecht.
Hei, Recken wie hüben sind and'res gewöhnt, als mit solchem
  Gezücht ein Gefecht!
Denn als Bären zu klein und als Hunde zu groß, nur als
  Wölfe bedünkten sie recht,
Wär' die Farbe nicht gelb und die Mähne nicht kraus, nein,
  sie sind auch als Wölfe nicht ächt!

Doch nun geht's wie zum Tanz auf die Birsch nach der Brut,
  als sie landet in waldiger Bucht.
Drein schauen die Alten dem seltsamen Spiel, das den Jüngern
  gebühret zur Zucht.
Und wie trefflich die Zucht, ei, verspüret das Wild an der
  Schläge bedrohlichen Wucht,
Umwendet's und flieht, doch sieh! vor der Schlucht noch ein
  Fechter verlegt ihm die Flucht.

Wie gelegen er kommt nach dem kühlenden Bad als Genosse
  der fröhlichen Jagd,
Unverseh'n von dem Stand, den er nahm mit Bedacht und
  der rüstigen Treiber wohl acht.
Ob auch mürber als billig die Fahrt durch die Fluth ihm die
  Beute herübergebracht,
Doch noch immer ein treffliches Waidwerk reizt und zum
  Willkommsgruß wie gemacht.

Ja, zum Gruß wie der Blitz trifft flammend sein Hieb, ein
    Löwe verendet im Sand,
Dann behend im Hallo an der Spitze des Zugs mit dem
    and'ren zurück an den Strand!
Doch nachdem, wie der erste, der zweite verreckt, da die Jäger
    sich bieten die Hand —
Und so wurde dem tapferen Gaste die Hatz für den Bund
    mit den Quaden ein Pfand!

15.

Glaukos.

———

Unterdessen wirft ein schlanker
Zwanzigrudrer im Port
Von Massilia die Anker
Und Ismene steigt vom Bord,
Den Begleiter treu zur Seite,
Glaukos, der sich immerfort
Auch zu Schiff durch all die Weite
Ihr erwies als Schirm und Hort.

Unermüdlich, jedes Zagen
Zu verscheuchen, wenn es kam,
Ihr in Nächten und an Tagen
Trost und Hülfe wundersam,
Schlichten Worts, in solcher Weise,
Daß es desto mehr verfing,
Daß die lange, lange Reise
Fast wie Traum vorüberging.

86

So auch jetzt der beste Leiter,
Nun durch Galliens Gebiet
Sich der Weg zu Lande weiter
An den Rhein, den hellen, zieht,
Menschen, Sitten, Sprachen kennend,
Vielgewandt, verlegen nie,
Stets beim rechten Namen nennend,
Was er braucht für sich und sie.

Und wie höret sie so gerne,
Wenn er spricht in Ernst und Scherz:
„Eine Heimath in der Ferne,
Kind, ist eines Bruders Herz.
Hast Du dran Dich ausgeweinet,
Heißt es: frischer aufgeschaut!
Und was erst so fremd erscheinet,
Alles, Alles wird vertraut.

Glaub' nur, auch dem Norden eigen
Ist ein milder Sonnenglanz,
Fehlt der Lorbeer, fehlen Feigen,
Blumen fehlen nicht zum Kranz.
Wehet auch um Stirn und Wange
Rauher uns des Windes Hauch,
Dennoch ist mir gar nicht bange,
Blaue Augen küßt er auch.

Sieh' Dich um, im Frühlingskleide
Blühet lustig jedes Feld,
Eine wahre Augenweide,
Wie's so fleißig wird bestellt.
Ei, und dort am Rhein die Leute,
Glaub' bei Leibe nicht, mein Kind,
Tragen sie auch Bärenhäute,
Daß sie wilde Bären sind.

Nein! Doch blaue Augen scheinen
Mir gleich einem Zauberring.
Und was wird der Bruder meinen,
Den ein ähnlich Ringlein fing?
Oder gleicht die tiefe Bläue,
D'raus die ganze Seele schaut,
Einem Spiegel holder Treue
Beiden, Bräutigam und Braut?"

Also spricht er und die Trübe
Weicht wie Nebel vor dem Licht.
Immer bleibt ein Kind die Liebe,
Dem die Hoffnung nie gebricht.
Und so sind sie, wie im Spiele,
Das den schlimmsten Weg versüßt,
Eh' sie's denken fast, am Ziele,
Wo der Rhein, der helle, grüßt.

88

Wo ein Haus grüßt in der rc
Römerstadt, schier wundervoll,
Gleich als heimathlichstes Zeichen
An der Schwelle den Apoll,
Freundlich lächelnd, daß Ismenen
Nicht der rauhe Kriegsmann schreckt,
Daß den lange nicht Geseh'nen
Gar der erste Blick entdeckt.

Und der küßt das freudenschwere
Schwesterauge tausendmal,
Von der Liebe Wundermäre
Aufgeregt zu Lust und Qual,
Da dem Nahen sich das Ferne
Drin so sonderbar verflicht,
Und im Spiel der Lebenssterne
So viel Schatten folgt dem Licht.

Aber all die bangen Fragen
Schneidet Glaukos ab und spricht:
„Viel zu spät käm' nun das Zagen,
Kinder, und es nützte nicht.
Seid Ihr etwa denn verstoßen?
Folgt denn Euer Wiederseh'n
All den wechselvollen Loosen
Nur, als wäre nichts gescheh'n?

89

O, ein Retter wird erscheinen,
Der zum Besten Alles lenkt,
Der Euch in den grünen Hainen
Drüben eine Heimath schenkt!
Der ihn herführt, jenen Freier,
Ihn der Schwester anzutrau'n,
Den der Römer, wie der Geier
Seine Beute, hält in Klau'n!

Wähnt nicht, daß er nimmer komme,
Daß Ihr beiderseits verwais't,
Daß verloren jene fromme
Liebe, die ein Glück verheißt,
Drin die Fremden wohlgelitten,
Drin, zu dulden, Muth und Licht,
Wenn die Bräuche, wenn die Sitten
Freilich ganz die uns'ren nicht.

Laßt's auch nicht wie Räthsel mahnen,
Glaubet mir, nicht ohne Sinn
Zwischen Römer und Germanen
Steht Ihr beide mitten inn'!
Nein! Und Euer Selbstvertrauen
Zu beleben und den Muth,
Ist ein andres Paar der blauen
Augen, denk' ich, sicher gut!"

Spricht's mit Lächeln und der schlaue
Ist den Augen auf der Spur.
O, am Main, im schönsten Gaue
Weiß er sie auf grüner Flur.
Und er holt aus dem Verstecke,
Der das Wort, das rechte, weiß,
Und ihm folgt ein blonder Recke
An den Rhein und bricht das Eis.

Fest, gleich ihrer Ahnen einem
Jener alten Heldenzeit,
Stark und stolz, als wich' er keinem
Je an Glanz und Herrlichkeit,
Kommt, als wär's ein Götterzeichen,
Kommt Armin und macht dem Paar,
Wie die letzten Zweifel weichen,
Bald das ganze Räthsel klar.

Denn er spricht nach rascher Kunde:
„Hole selbst doch Geramund
Heim, Klearch, bevor im Schlunde
Roms verloren geht der Fund!
Werden unterdeß, wie's frommet,
Unf're Schwestern sich vertraut,
Nun, so wartet, wenn Ihr kommet,
Denk' ich, nicht bloß e i n e Braut!“

Spricht das so auf seine Weise,
Drin das Herz das Wort ersetzt,
Doch es zündet leise, leise,
Und als Bestes scheint's zuletzt.
Ja, als Bestes allen Beiden,
Weil es auf ein Ende weis't,
Weil es für ein kurzes Scheiden
Gar ein langes Glück verheißt.

Glaukos aber: „Allerwege",
Ruft er, „bürg' ich für die Treu!
O, und Du, Ismene, hege
Vor der Trennung keine Scheu!
Bringt der Bruder Dir das Deine,
Gönnst Du, hoff' ich, ihm sein Loos,
Und derweil sitzst Du am Maine
Schwesterliebe warm im Schooß!"

Als dann aber durchgesprochen,
Wie's verstanden ward, das Wort, —
Eh' der Morgen angebrochen
Ist Klearch schon lange fort.
Ist nach wenig Trennungsthränen
Auf dem Weg' gen Rom vom Rhein,
Doch Armin zieht mit Ismenen
Und mit Glaukos an den Main.

16.

Geramund und Ariogast.

Derweil vernahm im Quadenland
Fürst Ariogast
Vom Waidwerk an der Donau Strand
Und von dem Gast.

Er spricht iu seiner Recken Schaar:
„Wer so mit Leu'n
Zu kämpfen weiß, wird vor dem Aar
Sich nimmer scheu'n!

Wohlan, zum Willkomm sei das Horn
Für ihn bereit!
Denn solch' ein Gast als Kämpe vorn
Ist gut im Streit!

Und ist dem Meth bis auf den Grund
Garaus gemacht,
Ei, stark dann ist und fest der Bund
Für Kampf und Schlacht!

93

Schon flog uns ja von Haus zu Haus
Der Schlachtenpfeil
Und scharf geschliffen ist zum Strauß
Das Quadenbeil!"

Er sprach's und auf des Helden Ruf
Trägt windesschnell
Ihm seines besten Renners Huf
Den Gast zur Stell'.

Doch eh' das Roß am Königszelt
Im schärfsten Trab
Vorübersprengt, springt rasch der Held
Im Schwung herab.

Und steht wie Thor so herrlich fast,
So schlank und leicht,
Und faßt die Hand, die Ariogast
Ihm lachend reicht,

Indem er sagt: „Willkommen sei
Hier auf dem Plan,
Du Jäger und Du Springer frei,
Am blauen Gran.

Zwar dient uns nur ein Zelt zum Saal,
Die Maid ist fern,
Doch würzt mit einem Lied das Mahl
Der Quade gern!"

Dem wackern Wirth zur Seite dann
Sitzt Geramund,
Und mancher Tapf're, Mann an Mann,
Im Kreise rund.

Zum Schmause läd't ein Eber feist,
Das Horn erfaßt
Der Fürst und spricht, bevor es kreis't,
Zu seinem Gast:

„Wohlan, Du lecker Sueven-Sproß,
Dir trink' ich zu,
Und wenn Du kamst als Kampfgenoß,
Bescheid mir thu'!"

Drauf Geramund: „So trink' nur aus!
Denn fällt in's Land
Der Römer Aar, bis er hinaus,
Halt' ich Euch Stand!"

Leer ist das Horn, doch wieder voll
Geht's um im Kreis',
Und jeder Zecher zahlt den Zoll
Nach Landesweis'.

Es schallt darein von Kampf und Ruhm
Manch' altes Lied,
Und von der Ahnen Heldenthum
Das Herz erglüht.

Doch warm macht auch die Wundermär'
Des Recken stark,
Der fern vom Süden käm daher
Zur Quadenmark!

Sie preisen seine Fahrten laut
Durch Kampf und Noth,
Doch als er denkt an seine Braut,
Da wird er roth.

Und was die Röthe offenbart,
Hallt wieder gleich
Ein Minnelied, nach ihrer Art
Nicht allzuweich.

Doch dann im hellen Sonnenschein
Auf brauner Haid'
Beim Spiele muß vergessen sein
Die holde Maid.

Beim Waffenspiel, beim Schwertertanz,
Wie sich's gebührt,
Wird manches Heldenstück mit Glanz
Und Ruhm vollführt.

Es bringt den starken Ur die Faust
Am Horn zu Fall,
Und durch die Luft der Felsblock saus't,
Als wär's ein Ball.

Doch Ariogast dem Gaste zeigt
Den Königssprung,
Der über sechs der Rosse leicht
Ihn trägt im Schwung.

Doch Geramund der Mannen zwei
Im Ringkampf fällt,
Auch dünkt's darnach ihm einerlei,
Ob's noch mal gelt'.

Doch als sie so beim Spiel verbracht
Mit Lust den Tag,
Da hält zu ernstem Rath die Nacht
Sie lange wach.

Da preisen sie nach Väter-Brauch
Den off'nen Krieg,
Doch scheint die List willkommen auch,
Wenn gut zum Sieg.

Denn rund ja ist des Glückes Rad,
Auch gilt's fürwahr
Dem argen Vogel Nimmersatt,
Dem Römer-Aar.

17.

Ismene und Gerda.

————

Indeß seh'n sich die zärtsten Blüthen
Aus Süd und Nord zum ersten Mal,
Wo hart am Main, wie sie zu hüten,
Ein Hügelkranz birgt Hof und Thal.
Und solch ein Thal mit Wald die Fülle,
Ein Hof so räumlich, fest und gut,
An Leben reich und doch voll Stille,
Wohl sind sie, gelt! die beste Hut.

Doch was im Herzen beide tragen,
Nicht lange bleibt's geheim darin.
Es lehret bald die Liebe sagen,
Die allerbeste Lehrerin.
Vielleicht auch lehrt's das leise Klingen
Der Wellen dort aus Ried und Rohr,
Und holde Nachtigallen singen
Die rechten Töne sanft in's Ohr.

Hält jede doch im Arm die Schwester,
Von der ihr sprach der liebste Mund,
Macht des Geliebten Bild doch fester
In jedem Augenblick den Bund.
Trifft schöner doch, als vorempfunden,
So Aug' in Aug' und Hauch in Hauch,
Und hat sich doch nach Wunsch gefunden
Im Schwesteraug' das Bruderaug'.

Doch wie sie wandeln durch's Gefilde,
Sind wohl den Himmlischen sie gleich,
Ein Paar wie Freia, süß und milde,
Und Aphrodite, zart und weich.
Die eine wuchs als Waldesblüthe,
Die and're unter stiller Hut,
Doch Freia oder Aphrodite
Erfüllte sie mit gleicher Gluth.

Denkt Gerda Wald und Hof und Fluren
Mit dem Geliebten doppelt schön,
Ismene freut sich, rings den Spuren
Des Heißersehnten nachzugeh'n.
Zeigt Gerda dort des Stromes Bläue,
Ihm lieb im grünen Waldesdom,
Ismenen dünkt ein Hort der Treue,
Wie er sie pries, so Dom als Strom.

99

Scheint Gerda dort die Silberquelle
Blank, wie des Liebsten Helm und Speer,
Ismenen rauscht so traut die Welle,
Wie einst dem Geramund das Meer.
Und tönt's Ismenen in der Eiche
Von ihm wie Grüßen für und für,
Für Gerda wölbt die blätterreiche
Sich dicht zur Laube ihm und ihr.

Doch wie sie dann durch Blumenauen
Dem Hag sich nah'n im Abendstrahl,
Ismene glaubt entzückt, zu schauen
Ihr heimathliches Friedensthal.
Gebirg, von Laub umkränzt, umthürmet
So fest, wie dort, den stillen Grund, —
Käm' nur, der sie als Kind beschirmet,
Charin, o käm' auch Geramund!

Doch Gerda meint: Zur rechten Stunde
Traf einst ich dort verirrt und müd'
Den besten Mann, der auf die Kunde
Des Glaukos jetzt zu lang verzieht.
„O, daß ihn Balder gnädig leite!
O, daß er sei ihm Schirm und Wehr!
O, daß er führ' aus all der Weite
Ihn und zugleich den Bruder her!"

7*

100

Und was sie flicht mit leisem Munde,
Wie spricht's Ismene deutlich nach!
Verständnißreich im tiefsten Grunde
Und eins ist ihrer Herzen Schlag.
So daß, was trennt, wie Traum verschwunden,
So daß dem Sinn das Wort sich stellt,
Als wär' das Zauberband gefunden,
Das Süd und Nord zusammenhält.

Doch wie sie dann im Mondenscheine
Rückkehren sacht, wie leuchtet fern
Weit über Strom und Berg und Haine
Jedweder dort ein heller Stern.
„Grüß' mir Klearch", so flüstert jene,
„Im fernen Rom, wohin er zog!"
„Grüß' Geramund", spricht leis' Ismene,
„Und meld', wohin die Taube flog!"

Und wie sie's sagen, spüren beide
Im stillen Gruß den gleichen Klang.
Sie haben ja in Lust und Leide,
In Wunsch und Wahl den gleichen Drang,
Als läge frei und ohne Hülle
Des Urgrunds tief versteckte Spur,
Als tönte in der Stimmen Fülle
Die reine Stimme der Natur.

Doch wie — ein Stern auch — an der Pforte
Dann grüßt Armin, wie froh ihr Blick!
Wie er ihn rührt! Mit keinem Worte
Vom Lärm der Welt scheucht er das Glück.
Er scherzt vielleicht vom Wolf, vom Bären,
Der arglos Wandelnde bedroht,
Und singt vielleicht aus alten Mären
Ein Lied von Liebeslust und Noth.

Und was einander sie vertrauten,
Wird d'rin im neuen Sinne kund,
Es knüpft vor diesen dunklen Lauten
Nur immer fester sich der Bund,
Als wüßten sie, daß ihre Liebe
Ein Wundersproß derselben Art,
Die in dem wilden Sturm der Triebe
Das Lied so seltsam offenbart.

18.

Geramund und Klearch.

Nun höret auch die Sage, wie Marc Aurel darnach
Gegen die kühnen Quaden ausgeholt zum Schlag,
Doch wichen vor dem Schlage sie klüglich tief ins Land,
Lockvögeln zu vergleichen, der Aar verfolgte unverwandt.

Da war nun ein vielwerther Kämpe mit im Heer,
Vorlängst aus Rom gekommen, doch war das Herz ihm schwer,
Weil ihm, schon nah' am Ziele, vereitelt war ein Fund
In sonderlicher Weise: wie gern, ach, hätt' er Geramund!

Doch Trost bot gar geringen das kaiserliche Wort:
„Wir hatten wohl den Vogel, doch leider flog er fort,
Nach Allem, was ich höre, ein Wundervogel schier,
Daß ich ihn ließ entkommen, ich büße, fürcht' ich, sehr dafür."

Klearch vernimmt's mit Leide, doch denkt bei sich der Held:
Rom erntet, was es säet, das ist der Lauf der Welt.
Als es daher ihn sandte, hat's arg ihm ausgespielt,
Der seinem Volk die Treue mit Recht mehr, als dem Fremden
hielt.

„Wir müssen das nun tragen", spricht Marc Aurel auf's Neu'
Und lacht dabei, „doch besser wahr' Deine Braut Dir Treu'!
Daß Du den Schatz Dir drüben, Klearch, hast ausgesucht,
Scheint gar ein schlimmes Zeichen, uns dünkt es halbe Fahnenflucht."

Darob der Andre denket: Als Götterfügung soll
Das hohe Glück mir gelten, die Braut so wundervoll;
In Rom, dem üppig geilen, wie fände sich alldort
Gleich zarte, reine Blume, der Treue allerbester Hort?

Doch spricht er: „Fahnenflüchtig werd' nimmermehr ich sein
Dem kaiserlichen Freunde, dem dient' ich nur allein,
Der Vater mir und Mutter war, seitdem nach Rom
Dereinst vom fernen Rhodos verschlagen mich des Lebens Strom.

O nein! Den laß ich nimmer — viel höher acht' ich ihn,
Als Rom, das er beherrschet — er heiß' denn selbst mich ziehn
Dahin, wo noch zur Stunde Fried' ist am Rhein und Main:
Wenn nicht, ach, Braut und Schwester sie müssen deß zufrieden sein."

Darauf der Kaiser lächelnd: „Ei gelt, mir ist es Pein,
Wenn ja zu dem ich sagte, und mehr noch, sagt' ich nein.
Jedoch wie wär's, Viellieber, wenn Du, bevor Du ging'st,
Den Vogel uns, den flüggen, im offnen Kampfe wieder fing'st?

Zur Hochzeit dann zusammen zög'st Du mit Geramund,
Der Quaden Kampfgenossen, deß hab' ich sichre Kund',
Auch wird es balde gelten einen grimmen Strauß,
Der Aar drang ein, doch kommt er unangefochten nicht heraus."

Dem Wort versetzt der Andre: „Fürwahr, ein Probestück,
Wie keins! Doch soll es gelten, auch bringt es, hoff' ich, Glück.
Ach, Glück ist sehr vonnöthen, vor allem auch dem Heer
In dieser Sommerschwüle; die Dürre lastet gar zu schwer!

Und schlimm wär', wenn den Jäger das Wild verlockt' in's Netz,
Und gegen ihn sich kehrte zur wunderlichsten Hetz!
Mir ist es leid zu sagen, doch fürcht' ich, Marc Aurel,
Der Schlag, weit ausgeholet, vor Feindeslist geht er uns fehl.“

Doch drüben jetzt einhalten am Gran, als sie den Kranz
Der bläulichen Karpathen fern schau'n im Sonnenglanz,
Der Quaden tapf're Mannen die wohlgelung'ne Flucht:
Der Strom, zurückgewichen, schwillt vorwärts wiederum mit Wucht.—

Er rauscht heran. Sie wollen Roms Legionen steh'n,
Die Gaugenossen alle, zu Hunderten, zu Zehn,
Zu Roß, zu Fuß, der Helden wack'res Kampfgeleit,
Ein Volk in Wehr und Waffe, dem Aar zum Gegenstoß bereit.

Im Zug ein Heldenpaar glänzt, ein Zwiegestirn zu schau'n,
Davon des Einen Helm ziert ein Greif mit scharfen Klau'n,
Der And're mit des Ebers Zeichen folgt als Gast:
Geramund ist dieser, doch jener ist Fürst Ariogast.

Spricht Ariogast: „Mich dünket, nun sei es nicht genug,
Zu scheuchen nur den Adler, wir müssen ihm den Flug
Für immerdar verleiden, daß nie er wieder kommt,
So daß es uns und allen, dem Theile wie dem Ganzen frommt.“

Drauf Geramund entgegnet: „Ein Wörtlein spräche gern
Mit Marc Aurel ich selber, dem kaiserlichen Herrn,
Der einst vom Strick mich lös'te; ihm stellt' ich gern mich dar
Anders, wie vor Zeiten als Fechter oder Legionar.

Und gilt es einen Schwertgang dafür, ich pries' als Glück,
Gewährten mir die Götter ein rechtes Probestück!
Dann säh' er, welche Blüthe die gold'ne Freiheit reift,
Nach welchem Ehrenpreise vor allem der Germane greift.

Dann mag er auch sich trösten, wenn Rom zu Fall sich neigt,
Aus unf'rem Waldesdunkel ein wack'rer Erbe steigt,
Ein edler und ein freier, des höchsten Schatzes werth,
Wie der, auf den ich hoffe daheim als Lohn dem guten Schwert.“

„Wohlan!“ — versetzt der And're und weiset auf den Keil
Seiner tapf'ren Mannen, bewehrt mit Schwert und Beil, —
„Das Glück kann nun Dir werden, der Keil ist scharf und gut
Und drüben seh' ich leuchten auch schon den Aar in Sonnengluth.“

<center>~~~~~~~~~</center>

So heiß die Sonne brennet zur Hochsommerzeit,
Daß matt und welk die Blumen hängen weit und breit,
Zu heiß nicht für die Mannen des Quadenheers am Gran,
Ihr Schlachtgesang erschallet, eindrängen sie, den Aar zu fahn.

Ihm bietet Stirn und Kralle manches grimme Thier,
Bär und Wolf und Geier auf ragendem Panier.
Hei, wie die Schwerter klirren! Wie fliegen Spieß und Pfeil!
Wie manchen Römerpanzer zerspällt das wucht'ge Quadenbeil!

Wie an Felsen stürmet schäumend der Wogen Schwall,
So an der Legionen festen Eisenwall
Die Wucht des Quadenkeiles, es folget Stoß auf Stoß,
Auch hilft mit Macht die Schwüle, der Keil legt manche Lücke bloß.

Doch als nun klafft die Mauer von Schilden dort am Wald,
Als d'ran mit seiner Rotte ein blonder Recke prallt,
Am Helm den Eber führend mit wüthendem Gebiß:
Da tritt zu Schutz und Trutze ein wack'rer Gegner in den Riß.

Da in des Kampfes Wogen, dem Ringen drauf und dran,
Als Brust an Brust sich dränget und streitet Mann mit Mann:
Da treffen sich die Helden, da trifft auch Blick in Blick
Wie Blitze, so da zünden, nun gilt es wohl das Probestück.

Doch wie sich unversehens zwischen das Heldenpaar
Zum Hieb vordrängt ein Quade, zu schwerem Hieb fürwahr
Auf den Römerkämpen: da fährt wie Wetterstrahl
Darein des Blonden Flammberg, zwei Schwerter splittern dran zumal.

Er ruft mit lautem Schalle: „Den Kämpen laß' ich nicht!"
Und denkt: Mir ist, als säh' ich Ismenen hell und licht.
Die Rechte hält das Schlachtschwert, die Linke wie zur Wacht
Den waffenlosen Gegner: so steht er fest in wilder Schlacht.

Rings tobt die Schlacht und woget gewaltig hin und her,
Daß hoch zu Roß der Kaiser spricht: „Der Stand wird schwer,
Da uns der Feind gemeinsam mit Staub und Gluth bekämpft,
Fürwahr, ich glaub' an Wunder, wenn uns ein Bad die Schwüle
                                                        dämpft.

Er spricht's zur guten Stunde, da sich am Himmelsdach
Dunkle Wolken ballen und Blitz und Donner jach
In's Schlachtgewühle brechen, da rauscht das Bad herab,
Drob beiderseits einstweilen vom Kampf sie lassen ab.

Jedoch am Rand des Waldes, als das Getümmel schweigt,
Gelt, auch ein Wunder herrlich, was dort dem Blick sich zeigt:
Die Rechte wie die Linke des Blonden drückt voll Lust
Zu wonniglichem Bunde den Gegner jauchzend an die Brust.

„Beim Thor!" — ruft er — „So war es das rechte Probestück
Dem Einen, wie dem Andern, der Preis war Beider Glück!"
Dem Wort versetzt der Andre: „Ja wohl, der rechte Fund,
Mir däucht', daß Gerda selber mir wies den Bruder Geramund!

Zwar bin ich eingefangen, doch folg' ich nur zu gern
Dem Stern, der hier mir leuchtet, und wenn zu meinem Herrn,
Dem Kaiser Marc Aurel, ich nicht als Sieger kehr',
Doch hoff' ich, wie's gekommen, daß er die Braut mir nicht verwehr'."

Und schon erwog der Kaiser, eh' auf's Neu' er schlug.
Ihm sei der Friede besser und Glückes sehr genug,
Wenn ihn das wilde Wetter aus der Noth befreit,
Er schickt den Quaden Boten, nun abzulassen von dem Streit.

Sie freilich hielten lieber den Aar, schon todesmatt,
Als unverhofft zu Kräften ihm half das Regenbad.
Doch mag es diesmal gelten, es war zu wunderbar,
Und nicht zum zweiten Male zieht aus der Schlinge sich der Aar.

Sie melden d'rum, es möge während der Waffenrast
Der Kaiser selbst verhandeln mit Fürst Ariogast
Inmitten beider Heere auf einem freien Feld:
Und als er's hört, willfährig zeigt sich der kaiserliche Held.

D'rob kommt zum Geramund erst der tapfre Ariogast
Und spricht: „Erfüllt kann werden, was jüngst gehofft Du hast.
Nach Frieden schickt der Kaiser, wir werden heut' ihn sehn,
Wir sind ihm nicht entgegen, uns dünkt, der Wind kann auch sich drehn.

Doch halt' Du nicht zu fern Dich, wenn er vielleicht begehrt,
Dich sammt dem Freund zu schauen, von dem er bald erfährt.
Nicht fürcht' um Deinen Schatz auch, er läßt ihn, weil er muß,
Und selber bin ich Bürge, nicht fehlt dem Stück der rechte Schluß!"

Als dann inmitten beider Heere auf dem Plan
Ein Friedenszelt sich hebet, von jeder Seite nah'n
Glänzend, wie wohl Keiner nach solchem Tag geglaubt,
Marc Aurel, der Römer, und Ariogast, der Quaden Haupt.

Doch als die beiden Helden mit klüglichem Bedacht
Das Friedenswerk, das schwere, zu Ende bald gebracht,
Ein Lösegeld die Heimkehr dem Aare machte frei,
Spricht Marc Aurel, der Kaiser, und denket seines Freund's dabei:

„Dafür gebt auch, so hoff' ich, die Kämpen Ihr heraus,
So viel Ihr deren finget heut' im wilden Strauß" —
„Ei wohl!" versetzt der Quade — „die Andern lass' ich schon,
Doch Einen fing ein Gast mir und hielt ihn gern für sich als Lohn.

Ihr selber kennt die Beiden und säh't vielleicht sie gern,
Ich kann sie kommen lassen, sie sind nicht allzufern." —
Drauf Marc Aurel: „Ei wahrlich, holt sie nur geschwind,
Denn schon errath' ich klärlich, was das für gute Helden sind."

Bald treten vor den Kaiser Klearch und Geramund
Und jener grüßt: „Ein Trost doch, Klearch, daß Du gesund
Das Probestück bestanden und fiel es auch zu schwer,
Doch will mich fast bedünken, als ob's auch so ein Glück Dir wär!

Dir aber, blonder Recke, der mir dereinst entging
Als Kampfgenoss' und leider nun auch den Freund mir fing,
Dir will ich nimmer zürnen, nein, zu vergessen frommt,
Wenn um so größ're Treue dem Freund dafür zu gute kommt.

Und deß darf ich vertrauen, er liegt am Herzen Dir,
Nicht wahr, Du blonder Recke, nicht weniger als mir?
Ja wohl, sein Glück verbürgt mir der Schelm im Aug' so blau,
Und was das Auge heischet, fast mein' ich, weiß ich das genau.

Ei, für ein and'res Auge, nicht minder blau und schön,
Will es den Freund mir rauben auf Nimmerwiedersehn.
Doch wäre früher worden die Wundermär' mir kund,
Vereint auch wären wahrlich Ismene schön und Geramund."

Antwortet Geramund ihm: „Doch ziemte wohl dem Mann,
Daß er den Preis als Freier im off'nen Kampf gewann,
Auch ging ja nichts verloren, mein wartet schon am Main
Die Braut und wenn ich komme, willkommen, denk' ich, werd' ich sein.

Doch daß den Freund Ihr lasset, deß sag' er selbst Euch Dank!
Mir folgt er nur zu gerne und Eins noch sag' ich frank:
Auf eig'nen Füßen stehen ist wohl Germanen-Art,
Doch weiß er auch zu pflegen des Südens Blüthe rein und zart.

Nicht welkt sie uns, genähret von neuem, frischem Hauch,
O nein, aufsprießet fröhlich ein voller Blüthenstrauch!
Und deutet's mild, ich denke an meines Volkes Loos,
Es trägt statt Eures, mein' ich, das Glück der neuen Welt im Schooß."

Darauf der Kaiser lächelnd: „So wär' es eitel, gelt!
Dem Loos zu widerstehen, Du wunderlicher Held,
Ei, lieber helf' ich pflanzen den hoffnungsreichen Keim
Und wünsche Glück zur Reise und Glück dem schönsten Paar daheim."

Da spricht Klearch voll Rührung: „Folg' ich dem neuen Stern,
Doch werd' ich immer denken des kaiserlichen Herrn,
Des milden, guten, großen, der mir den Weg gezeigt
Und in der neuen Heimath auch selbst noch einem Stern uns gleicht."

„Doch einem blassen Stern nur, zum Untergang gewandt" —
Versetzt darauf der Kaiser und reicht dem Paar die Hand
Zum Scheiden — „Heller leuchten zwei Sterne wohl zur Stund
Vom blauen Main herüber, so Dir, Klearch, als Geramund."

19.

Aphrodite.

———

Nun ruht der Krieg und Friede schirmt von Gau zu Gau,
Von Berg zu Thal, durch Wald und Flur der Wandrer Pfad.
Und mit dem Frieden schirmt die Treu und Keiner wehrt
Dem selt'nen Paar, das frohgemuth und hoch zu Roß
Vom Grau zum Main des Weges zieht, vom Baum die Frucht,
Des Saatfeld's Garbe, aus dem Teich den Fisch, auch nicht
Am Herd die Rast und aus dem Horn den Labetrunk
Den gastlichen. —

       Indeßen kommt, noch eh's am Ziel,
Von drüben her, gleich jenen unter Götter-Hut,
Aus Gallien's Gau'n des Wegs mit schwerer Fuhr ein Mann —
Ein Händler scheint's aus Süden — kommt in's Gränzgebiet
Am Rhein und Main, d'rin sich die feste Römerstadt
Im Spiegel schaut. Er fährt durch's Thor und faßt mit Ruh',
Als fänd' er nicht des Staunenswerthen allzuviel,
Der Menschen Werk und sie, die Menschen selbst, in's Aug',
Den Römer hier, dort den Germanen, — Gallier sah
Er schon genug, — macht dann am Forum Halt und denkt,
Wo Glaukos bleibt und ob ihn wohl mein Bote traf?
Und wie er's denkt, trifft ihn auch schon von hinten hell

„Willkommen, Polydor!" mit Heimathsklang der Gruß
Und vor ihm steht, wornach er frug. Dann beiderseits:
„Wie gehts?" Und d'rauf in der Tabern', die Glaukos kennt
Und „Schwälbchen" heißt, auf Frage Antwort, wunderlich
Fürwahr genug! Erst Polydor: „Da wär' ich, Freund,
Und nicht allein, ein Schatz ist mit, ich hielt' mein Wort,
Das ich in Rom dem Blonden gab, dem Geramund,
Ob nebenbei, um wahr zu sein, — es liegt im Blut —
Ein wenig auch der Kaufmann in mir rege war;
Die Welt ist weit und hinter'm Berg sind Menschen auch" —
    „Und welche!" fällt der Freund in's Wort, „Ein ganzes Jahr
Bracht' drüben ich am blauen Main bei ihnen zu.
Und traulich hielt im Wechselgang der Monde still
Das Thal am Strom mein Blüthenpaar in sich'rem Schutz
Von einem Lenz zum andern, eine Herzenslust,
Wer's sah! Ich sprech' von uns'rer Taub' auf Rhodos, Freund,
Und von des Blonden Schwester, ja, und nicht zu sehr
Erstaune d'rob! Sie sitzen warm im Nest und seh'n
Sehnsüchtig nur zuweilen nach den Freiern aus.
Du triffst Klearch nicht hier. Er macht gen Rom die Fahrt,
Sich selbst den Schwäher heimzuholen, und er kam —
Man hält dort, was man einmal hat — noch nicht zurück.
Inzwischen war des Blonden Bruder unser Wirth,
Bei dem sich's leben ließ im Thal, so treu wie Gold,
Der Tauben beste Hut. Ei gelt, wie deren Bund,
Geschlossen unter Blumenduft und Vogelsang,
Mit jedem Tage fester ward im Jahreslauf,
Als wöben all' die Kräfte mit daran, die rings
Mit Wundern schmückten Berg und Thal und Strom und Wald.

Denn wie daheim fast prächtig war im Sommerkleid
Die Flur, wie zum Empfang bereit der Kommenden.
Mitjahressonn', der Lerche Klang, der Störche Flug
In blauer Luft, und Dach und Thür und Bub' und Maid
Mit grünem Laubwerk bunt geschmückt! Und drauf der Herbst
Im Farbenwechsel überreich, und nah' und fern
Der Schnitter Schaar und auf den Feldern hoch ein Baum
Mit Bänderzier und Korn und Frucht von aller Art!
Sogar des Winters Schneegewand hatt' seinen Reiz,
Wenn von des Herdes Sitz das holde Paar darauf
Die schönen Augen schweifen ließ und dumpf und schwer
Der Stürme mächtig Rauschen durch des Waldes Dom
Das Ohr traf und so eigen klang zu jenem Lied,
Das uns Armin, der Wirth und Bruder, sang voll Lust
Vom Siegeszug der Götter all rund um die Welt!
Doch ob auch schön, wir waren gleichwohl herzlich froh,
Als sich das Thal im Frühlingsschmucke wies auf's Neu',
Das Grün mit Veilchen blau besteckt, und nicht bloß wir,
Froh waren deß auch and're mit, daß laut umher
Auf Feld und Flur der Sang erscholl und jubelreich
Des bleichen Winters Bild mit festlich frohem Spiel
Das junge Volk im nahen Strom begrub und hoch
Die Osterfeuer flammten rings allüberall!" —

   „Solch Thal", meint lächelnd Polydor, „hat wohl auch
Raum,
Raum für den Schatz, mit dem ich kam?"

„O Raum genug
Und heimlichen", versetzt der Freund, „wo unbelauscht
Ein Götterbild, so schön im Norden, als im Süd,

Das Friedensthal begrüßen kann, als wär's daheim.
Besonders eine Stelle, wo Klearch zuerst
Die Blonde sah, die Wundermaid, die herrliche!
Ein Eichenwald kränzt eines See's lichtblaue Fluth,
Darüber freudig schweift der Blick von sanfter Höh',
Indeß zum Blumenstrand des Aethers goldnen Strahl
Leis· murmelnd trägt die Welle." —

         „Wohl, da fügen wir
In Wahrheit, Freund, im Moos = Kranz einem Götterbild
Den dunklen Sockel, ihr zur Luft, der Lilie,
Und irr' ich nicht und ist der Bär nicht gar zu wild,
Schaut's staunend wohl, doch ungern nicht, manch' blaues Aug'.
Inzwischen, denk' ich, kommt Klearch mit Geramund,
Zwar nicht von Rom Rheinauf, o nein, von Osten her" —
  „Von Osten? Aus dem Krieg wohl gar?"

           „Woher denn sonst?"
Lacht Polydor und meldet von des Blonden Loos
In Rom, von Livia's Haß und von dem Fechterstreich,
Von Marc Aurel, dem Kaiser, und dem Legionär,
Der an die Donau zog, auch welche Rolle selbst
Im Stück er mitgespielt, und frägt: „Nun sag' mir, Freund,
Ob's wohlgethan, daß nur den freien Mann ich werth
Für uns're Lilie hielt? Denn wahrlich, nicht dem Rom,
Das ihn in wilder Lust zu grausam tollem Spiel
In die Arena stieß, dankt Geramund die Braut,
Statt eigner Heldengröße! Darum bin ich da
Mit meinem Schatz, Brautführer ihr, wie ich versprach.
Wenn aber anders auch, als unser Taubenpaar
Sich denkt, nur unbesorgt, sie kommen, sind vielleicht

Schon da, indessen uns der Chier Wein die Zeit
Versäumen läßt. Was meinst Du, sprich', ist's weit ins Thal?"

„Noch heut' kehrst Du, wenn Deine Gäule nicht zu müd,
Als Gastgenoß dort ein. Es liegt nicht aus der Welt,
Sieht selt'ner auf der Suche wohl nach Honigseim
Den Bären, als den Römer, Freund, obwohl umsonst.
Ja, nebenbei bereiten wir am See dem Schatz
Noch einen Unterschlupf. D'raus soll er leuchtend hell,
Wehn's Zeit, zu Tage treten, fremd nicht, wie Du meinst,
Und schon nach Licht begierig in dem dunklen Schrein
Nicht weniger, als nach dem Tauber uns're Taub'." —

Dann zieh'n sie ab und kommen mit dem Weihgeschenk,
Dem göttlichen, in's Thal am Main, wo Friede herrscht,
Und an den See. Gelegen trifft sie dort Armin,
Heimkehrend von der Jagd. Er tauscht den Freundesgruß,
Verständigt rasch, welch selt'nen Gast ihm Glaukos bringt
Und welchen Schatz. Zur rechten Stunde! Unterwegs
Stieß vom Gebirg ein Mann ihm auf, der Kunde gab
Von Geramund und einem Anderen im Geleit,
Den Ariogast, der Quaden Fürst, zu eigen ihm
Gegeben, wunderlich zu schaun, mit schwarzem Haar
Und unterm Pelz mit breitem Saum ein faltig Kleid.
„Wen anders, als Klearch! Wir haben sie dahier,
Eh' noch einmal die Sonne färbt der Berge Kamm!"

„Und richten uns darnach," ruft Polydor, dem gleich
Verdolmetscht wird die Kunde — „was das Bild betrifft,
Das hier am blauen See am Bergesrand die Braut
Begrüßen soll am schönsten Tag und dort den Strom,
Dem Helios, der scheidende, ein Goldnetz webt.

Hier dieser Felsenvorsprung beut das Fußgestell
Für unser Bild. Beim Zeus, gleich morgen in der Früh'
Geh' ich an's Werk! Doch heut' kommt noch ein Andres erst."
    Dann auf den Hof! Der Wagen geht fürsorglich mit,
Noch manch Gepäck darauf, wie's so ein Händler führt,
Der weither kommt und Freit' und Hochzeit hat in Sicht.
Schon glänzt das Abendroth. Doch weil's noch hell genug,
Schaut Polydor mit Lust der Wiesen grünen Schmuck,
Die Rinder drauf mit glattem Fell, der Rosse Kraft,
Die hier und dort, die Nüstern hoch, mit fliegender Mähn'
Vorüberjagen, prüft wohl auch die Gerstenähr'
Und lacht und denkt: Ist auch ihr Bräu kein Chierwein,
Zum Bärenschinken schmeckt er doch nach solchem Tag,
Mit solchen Gästen! Dabei blitzt wie hell dem Schalk
Das Aug'! Er sieht vom Hofthor just das holde Paar
Gar eilend nah'n und eh' er's denkt, umschlingt ihn schon
Die Lilie weiß. Doch bleibt die Hand ihm frei genug,
Um rasch ein Kästchen aus dem Kleid hervorzuziehn
Und d'raus ein Kreuz. Von Silber ist's, zu köstlich nicht,
Und jener bleiche Mann daran in Todesruh'
Rührt schmerzlich gar. Doch reicht er's hin und spricht mit Ernst:
"Nimm's von Charin, Kind, dem der Liebe höchstes Pfand
Es ist, als Angedenken an in seinem Sinn!
Denn Deines Herzens Frieden, meint' er, störe nicht
Das Bild voll Weh, Dir sei's bekannt, Du hielt'st es werth,
Wo Du auch sei'st. Er aber säh' gar gerne Dich
In sich'rer Hut des Bruders, und des Blonden auch,
Und fürchte nichts für Dich im Nord. Dort blühe ja
Ein Volk, von dem die Kunde auch gen Süden drang,

Wohl rauh und hart, voll Einfalt doch und laut'rer Treu.
O weine nicht! Wir alle denken gleich Tharin,
Und bringen, Kind, was besser, nach dem Kreuz die Freud'."
Mit diesem Wort sieht er sich um, faßt Gerda's Hand
Und fährt so zwischen Ernst und Scherz gehoben fort:
„Schreib's Deinem Aug' und Geramund's, Du blonde Maid,
Auf Rechnung, wenn im grünen Thal der fremde Laut
Zudringlich wird, sie büßen's, weil sie gar zu schön.
Doch der die Rose sich erlas, von deren Huld
Dahier jedwedes Lüftchen zeugt, er ist nicht fern!
Ei, Du verstehst 's, es färbt das Wort Dich purpurroth,
Und nicht umsonst, ich merk' es wohl, verschlug ein Gott
Uns aus dem fernen Süd' so weit. Er aber bringt
Uns nicht Rheinauf aus Rom den Bruder, umgekehrt
Von Osten, von der Donau, bringt Dein Blonder ihn,
Ismen', doch was er sonst noch bringt, sagt bald er selbst.
Genug, wenn von der Botschaft jetzt das Auge hell
Und leicht das Herz und wenn, von solcher Hand gereicht —"
Er blickt Armin und Glaukos schalkhaft an dabei —
„Ein kräft'ger Schluck zum Schinkenschnitt uns weiblich schmeckt."
    Daran dann fehlt's im räumlichen Gemache nicht,
Das eine Föhrenbretterwand von weiter Tenn',
Die vorn sich dehnt, von Lehm den Boden fest wie Stein,
Behaglich abgetheilt, hell von des Kienspahn's Gluth,
Des knisternden, und auf dem Sitz mit hoher Lehn',
Dem pelzgepolsterten, bequemen Platz am Tisch.
Dem mächtigen von Eichen, bietend Gast und Wirth.
Da mundet schier des Ebers saft'ges Lendenstück
Und das vom Hirsch zu Möhr' und Brod, dem bräunlichen,

Gewürzt aus rundem Horn vom Meth, dem schäumenden,
So mild, daß drob selbst Polydor vergnüglich schmatzt.
Nur meint er: „Fast zu spät wird's über solchem Schmaus',
Zumal ganz and're Gäste bringt der neue Tag,
Um die's mir leid, verschlief ich ihn. Es läßt sich ja
Nachholen bald, was heut' versäumt, auch tauschen wohl
Im Kämmerlein die Bräute gern ein wenig noch
Die Herzen aus". Und also reicht, wie er's versteht,
Der Wirth zum letzten Mal das Horn für heut und spricht:
„Zum guten Zeichen dem, was kommt, ob seltsam auch,
Als wären wir in Götter Hand ein Spielzeug nur."
    Vom Schlaf dann auf dem Bärenfell hat golden hell
Der Morgen sie geweckt, als auch schon Polydor
Emsig am Werk, das er geplant, am blauen See,
Mit Glaukos. Doch die Tauben hieß er klug zuvor
Armin begleiten, wenn das Herz zu mächtig treib'.
Ihn selbst ja leid' es nicht daheim, obwohl Geduld,
Sei auch die Sehnsucht noch so groß, das Beste stets.
Und was er sagte von Geduld, war nicht umsonst.
Das holde Paar bleibt still zurück, zuweilen nur
Vom Hofthor aus, wo stolz und hoch die Ulme grünt,
Hinüberspähend in's Gebirg, das groß und grau
Im fernen Morgennebel ragt. Dort Arm in Arm
Stehn Beide jetzt, wie bei der Ros' die Lilie steht,
Als längs des Steigs, der hügelher zur Rechten läuft,
Armin erscheint, das Auge hell, die Wange roth,
In freud'ger Hast. Kaum früh genug, denn sichtbar wird
Hart an der Beuge dort des Wegs ein Reiterpaar
So blitzend hell im Kriegerschmuck, daß schüchtern fast

119

Ob all dem Glanz die Lilie an die Rose sich,
An jene diese schmiegt, so dicht, als wär' das Glück
Allein für jede schier zu groß. Und ist der Held,
Der prächtige mit Schild und Speer, mit Schwert und Helm,
Ist's Geramund, der einst in römischer Sklaventracht
Auf Rhodos um die Freie warb und sie gewann?
Ist der zur Seit' ihm jener Mann von Osten her,
Statt sonst vom Rhein, ist's denn Klearch? — Muß doch
                                        wohl sein,
Wenn nicht der Drang, der wonnige, lügt, der sie umschlingt,
Und nicht der Kuß, der sel'ge, trügt, der leis' erklingt.
Auch aber, was Armin bedenkt, spricht wohl dafür.
Er meint, das Wort vom Doppelbrautpaar sei erfüllt,
Das auf den Weg gen Rom Klearch er gab am Rhein.
Auch steh' er's gern. Wer könne gegen Götterrath
Und Wundertrieb, geschäftig, in der Menschenbrust
Ein Band zu flechten ungeseh'n und, wenn es stürmt,
Den Friedenskeim zu pflegen für zukünftige Zeit?
Und dabei fällt das Bild ihm ein, das Polydor,
Der kluge, bracht' und, wie er weiß, zum Fest besorgt.
Und lächelnd in's Geflüster d'rauf der Liebenden
Wirft er ein Wort von jenem Gast und fragt und meint,
Man könn' ihn ja zu suchen geh'n, und schreitet gleich
Den Weg voran, der nach dem Felsen führt am See.
Dort aber hat der Polydor, dem Glaukos half,
Sein Werk vollbracht am Felsenhang, an dessen Fuß
Sich üppig wuchernd wilder Rosen Schmuck verschlingt
Mit Brombeer= und Waldrebenlaub, daß aus dem Grün
So hell erglänzt das Marmorbild im Licht, als wär's

Ein Wunderbild, das über Nacht dem Schaum des See's
Entstieg. Und segnend steht sie dort und weihevoll,
Die Göttliche, so Aug' als Hand voll Lieb' und Huld
Gen Himmel wendend, eine Himmelsblüthe selbst
Voll ew'ger Jugend, Aphrodite! O, und schon
Umringet sie der Kreis, auf den ihr Segen strömt.
Und mahnt sie auch die Einen d'rin an Freia wohl,
Des Nordens Aphrodite, ew'ger Liebe Bild
Ist Allen sie, wie Polydor, der schlaue, meint,
Der lächelnd fragt den Geramund: „Ist's gut gemacht?
Ist's nicht zur rechten Stunde just das rechte Bild?
Ei, heit'rer, denk' ich, leuchten nun die Blumen Euch,
Die wohlgepflegten in des Gartens stillem Grund,
Die lange sehnend warten schon, zu reichem Schmuck
Dem schönsten Paar im bräutlich hellen Doppelkranz."

www.ingramcontent.com/pod-product-compliance
Lightning Source LLC
Chambersburg PA
CBHW021703110726
47902CB00007B/2049